Laughing
My Ass Off

笑死人

這樣也能喇低賽

嘴角上揚在偷笑了吧!

女兒：「⋯⋯托⋯⋯的福，他吃錯了藥，沒有死。」

母親：「你瞧！我早對你說過，他這個人連一點小事都做錯，還能託付終身嗎？」

為你不答應我與傑克的婚事，他昨晚服安眠藥自殺了。」

結果呢？」

永續圖書線上購物網　　讀品文化 事業有限公司

WWW.foreverbooks.com.tw　　　　　　　　yungjiuh@ms45.hinet.r

幻想家系列 42

笑死人這樣也能喇低賽

編　　著　　笑笑ㄟ西郎
出 版 者　　讀品文化事業有限公司
執行編輯　　廖美秀
美術編輯　　蕭佩玲
內文排版　　王國卿

社　　址　　22103　新北市汐止區大同路三段 194 號 9 樓之 1
　　　　　　TEL／(02) 86473663
　　　　　　FAX／(02) 86473660
總 經 銷　　永續圖書有限公司
劃撥帳號　　18669219
地　　址　　22103　新北市汐止區大同路三段 194 號 9 樓之 1
　　　　　　TEL／(02) 86473663
　　　　　　FAX／(02) 86473660
出 版 日　　2015年10月

法律顧問　　方圓法律事務所　涂成樞律師
CVS代理　　美璟文化有限公司
　　　　　　TEL／(02) 27239968
　　　　　　FAX／(02) 27239668

國家圖書館出版品預行編目資料

笑死人這樣也能喇低賽 / 笑笑ㄟ西郎編著.
-- 初版. -- 新北市：讀品文化, 民104.10
　面；　公分. -- (幻想家系列；42)
　　ISBN 978-986-453-012-0(平裝)

856.8　　　　　　　　　104016483

◆ 《編者序》

　　這個世界甚麼人都有，真的是符合我們常聽到的一句話「一樣米養百樣人」。管你是大人、小孩、老人、女人、教授、學生……。反正愛說自以為是笑話的冷笑話的人（流行語稱：喇低賽）比比皆是，不用苦苦尋覓，只要把你的身體往前靠一點，耳朵豎起來，聽到了嗎？看到了嗎？說的人很激動，聽的人很麻木……呵呵……天氣很熱，喇個低賽來降溫去火吧。

◆ 總統也挨打

　　某精神病院聽說馬總統要來醫院視察情況，於是，院長召集所有的病人開會。

　　在會上，院長講道：「今天下午，馬總統要來參觀，所有的人都要去門口歡迎。在歡迎的時候，所有病人站在醫院大門口兩邊，要站整齊，當我咳嗽的時候，大家一起鼓掌，越熱烈越好；我跺腳的時候必須全部停止，不能有一個出錯。

　　要是大家都做好了，今天晚上可以給大家吃肉

包子，只要有一個人弄砸了，所有的人都沒有包子吃，記住了嗎？」

台下，病人一起喊道：「記住了！」

這天下午，馬總統準時到來，當他步入大門的時候，歡迎的病人已在門口站好了。這時，隨著院長一聲咳嗽，所有的病人一起鼓掌歡迎，氣氛十分熱烈。

來參觀的馬總統受到熱烈氣氛的感染，面帶笑容和大家一起鼓掌步入醫院。

見馬總統已經走進醫院，院長一跺腳，所有的掌聲都停止了，非常整齊。只有馬總統還在面帶笑容一邊鼓掌一邊前行，院長感到非常滿意。

忽然，從歡迎的人群裡鑽出來一個壯如巨石強森的病人，大步衝到馬總統面前，伸出了胳膊賞了他一個大耳光，氣憤異常地吼道：「阿你是不想吃包子了嗎？」

● ● ● ● ● ● ● ● ● ● ● ● ● ● ● ● ● ●

嘴角上揚在偷笑了吧！哈哈～這樣也能喇低賽。

目 錄

CONTENTS

目 錄

CONTENTS

目 錄

目　錄

目 錄

怪怪的小孩

現代的小孩一個比一個怪，尤其是這篇文章裡提到的小孩。遇上這樣的小孩，你真沒辦法好好講故事給他聽。

◆ 鑿壁偷光

春假期間，被姐姐安排了一項任務，照顧在念小學的外甥。姐姐叮囑說：「別讓他玩遊戲，少看電視，要有教育意義。」我說沒問題，反正把自己知道富有教育意義的故事講出來啟發他就是了。於是，就開始了我們的對話。

本人：「漢朝時，有一個少年叫匡衡，他非常好學。晚上，因為家裡沒有錢買油點燈，他就在牆壁上挖了一個洞，利用隔壁透過來的燈光讀書……」

外甥：「等一下！為什麼他不開燈呢？」

本人：「因為沒有電。」

外甥：「電力公司沒有送電嗎？」

本人：「不是！漢朝離現在已經兩千年了，那時還沒有發明電。」

「喔！」外甥停頓了一下問道，「他什麼時候鑿洞的？」

我愣了一下：「嗯……晚……晚上吧？」

外甥：「晚上？晚上他不是看不見嗎？怎麼鑿的？」

我一時語塞：「那……那……那應該就是白天吧？」

外甥：「白天還有時間鑿洞？為什麼不利用這個時間看書？」

本人：「這個……這個我不記得了，我們換一個故事。」

◆ 孔融讓梨

本人：「東漢時期，有一個四歲兒童叫孔融，他吃梨時把大梨子讓給哥哥們吃……」

外甥：「等一下！他有幾個哥哥？」

本人：「不知道，就算一個吧！」

外甥：「那還剩幾個小梨子？」

我皺了一下眉頭：「好像一個吧？」

外甥：「我知道了，梨子一定有蟲！」

我恨不得給他兩巴掌：「我們再換一個故事。」

◆ 草船借箭

本人：「三國時代，孔明接到周瑜的命令，要他在三天內打造十萬枝箭……」

外甥：「舅舅，等一下！箭是什麼？」

本人：「就是頭尖尖的，古代用弓發射出去的一種武器……」

「噢！」外甥若有所思地說道：「好，我懂了！那後來呢？」

本人：「有一天清晨，趁著大霧，孔明帶著十多艘紮著草人的小船出發了。」

外甥：「天上為什麼有霧了？」

本人：「孔明預測的。」

外甥：「他是氣象局的預報員嗎？」

本人：「不是，那是他算出來的。」

外甥：「他是瞎子？算命先生嗎？」

本人：「我……我……，算了！跟你我實在講不完一個故事。我投降！」

◆ 曹沖秤象

本人：「三國時代有一個小朋友名叫曹沖。外國人送給他父親一頭大象，父親想知道這頭大象到底有多重，就叫曹沖來秤……」

「舅舅，等一下，我知道！」外甥得意地說道：「把大象殺了切成一塊一塊，秤完以後加起來就知道多重！」

本人：「那是禮物，不能殺的。」

這次，輪到外甥語塞了：「那……大象是怎麼送過來的呢？」

我有點不耐煩：「可能是用車吧！」

外甥：「一定超載，看看司機的罰款單就知道重量是多少。」

本人：「再……再換一個故事。」

外甥：「嘿！PK 成功。」

02

工作為什麼難找？

失業率節節高升的時代，政府機構為了瞭解實際情況，派工讀生假裝要找工作，到各大公司應徵。

◆ 男友在外地，不行！

應聘考官：「你有男朋友嗎？」

應聘者：「有。」

考官：「他在本地嗎？」

應聘者：「不，他在外縣市。」

考官：「對不起，我們公司不能錄用你。」

應聘者：「為什麼？」

考官：「你一定無法安心在這裡長期工作的，另外，本公司也不希望因為你而使電話費大幅度增加。」

◆ 沒有女友，不行！

考官：「你有女朋友嗎？」

應聘者：「沒有。」

考官：「你追過女孩嗎？」

應聘者：「追過，可是沒追上。」

考官：「你工作後準備再追女孩嗎？」

應聘者：「先努力工作，暫時不考慮個人問題。」

考官：「對不起，本公司不能錄用你。」

應聘者：「為什麼？」

考官：「你公關能力欠佳，並且缺乏自信。」

◆ 女友不漂亮，不行！

考官：「你有女朋友嗎？」

應聘者：「有。」

考官：「她漂亮嗎？」

應聘者：「不算漂亮。」

考官：「對不起，我們不能錄用你。」

應聘者：「難道女朋友不漂亮也會影響貴公司

的形象？」

考官：「那倒不會。不過，本公司很注重員工的藝術素養，你的審美水準似乎不適合本公司的企業文化。」

◆ 仍與初戀女友交往，不行！

考官：「你有女朋友嗎？」

應聘者：「有。」

考官：「她漂亮嗎？」

應聘者：「很漂亮。」

考官：「她是你的初戀嗎？」

應聘者：「是的。」

考官：「對不起，我們不能用你，因為你缺乏不斷追求的進取心。」

◆ 交過好幾個女友，不行！

考官：「你有女朋友嗎？」

應聘者：「有。」

考官：「她是你的初戀嗎？」

應聘者：「不是，以前還談過幾個。」

考官：「對不起，我們不能用你，因為你有嚴重的忠誠度問題，應該很快就會跳槽。」

◆ 男友不夠有錢，不行！

考官：「你有男朋友嗎？」

應聘者：「有。」

考官：「他很有錢嗎？」

應聘者：「並沒有。」

考官：「對不起，我們不能用你，因為你的工作要和錢打交道，我擔心你禁不起誘惑。」

◆ 漂亮女孩，不行！

考官：「妳有男朋友嗎？」

應聘者：「有。」

考官：「他很有錢嗎？」

應聘者：「是的，他有一家自己的公司。」

考官：「對不起，妳男朋友的公司都不用妳，我們就更不能用妳了。」

應聘者：「可是，他的公司裡沒有適合我的職位啊！」

考官：「那妳最擅長的職位是什麼？」

應聘者：「經理特助、祕書。」

考官：「對不起，我們還是不能用妳，漂亮女孩會影響我們經理工作的。」

由此看來，找工作能不能被錄取，其所牽涉的因素還真是錯綜複雜，難怪當今的失業率會高得嚇人，怎麼辦呢？期待政府快點推「赤貧補助專案」吧！

我先走了２００８

話說那年──2008年非常流行一句超實用兼耐用的話──「我先走了」，現在舉例報給你知道，讓你瞧瞧這句話有多厲害！

• • • • • • • • • • • • • • • • •

小兔說：「我媽媽叫我小兔兔，好聽！」
小豬說：「我媽媽叫我小豬豬，也好聽！」
小狗說：「我媽媽叫我小狗狗，也很好聽！」
小雞說：「你們聊，我先走了！」

• • • • • • • • • • • • • • • • •

小兔說：「我是兔娘養的！」
小豬說：「我是豬娘養的！」
小雞說：「我是雞娘養的！」
小狗說：「你們聊，我先走了！」

• • • • • • • • • • • • • • • • •

貓對我說：「我是你奶奶的貓，好聽！」
狗對我說：「我是你奶奶的狗，也好聽！」

魚對我說：「我是你奶奶的魚，也很好聽！」

熊說：「你們聊，我先走了！」

⋯⋯⋯⋯⋯⋯⋯⋯⋯⋯⋯⋯⋯⋯⋯⋯⋯

浪客說：「人們叫我浪人，好聽！」

武士說：「人們叫我武人，也好聽！」

高手說：「人們叫我高人，也很好聽！」

劍客說：「你們聊，我先走了！」

⋯⋯⋯⋯⋯⋯⋯⋯⋯⋯⋯⋯⋯⋯⋯⋯⋯

老張家的門是柳木做的，老張說：「我家的門是木門。」

老李家的門是塑膠做的，老李說：「我家的門是塑門。」

老王家的門是磚頭做的，老王說：「我家的門是磚門。」

老劉家的門是鋼做的，老劉說：「你們聊，我先走了！」

⋯⋯⋯⋯⋯⋯⋯⋯⋯⋯⋯⋯⋯⋯⋯⋯⋯

師範學院的學生說：「我是師院的。」

體育學院的學生說：「我是體院的。」

職業學院的學生說：「我是職院的。」

技術學院的學生說：「你們聊，我先走了！」

周杰倫說：「崇拜我的歌迷都說：偶的偶像叫倫。」

蔡依林說：「崇拜我的歌迷都說：偶的偶像叫林。」

王力宏說：「崇拜我的歌迷都說：偶的偶像叫宏。」

陳小春說：「你們聊，我先走了！」

● ●

王家老五說：「外面的人叫我王五，好聽。」

王家老六說：「外面的人叫我王六，也好聽。」

王家老七說：「外面的人叫我王七，也很好聽。」

王家老八說：「你們聊，我先走了。」

● ●

老龜說：「外人叫我龜太爺，好聽。」

大龜說：「外人叫我龜爺爺，也好聽。」

中龜說：「外人叫我龜老子，也很好聽。」

小龜和小小龜說：「你們聊，我們先走了。」

● ●

妖貓說：「人們叫我貓妖，好聽。」

妖鼠說：「人們叫我鼠妖，也好聽。」

妖狗說：「人們叫我狗妖，也很好聽。」

妖人說：「你們聊，我先走了。」

· · · · · · · · · · · · · · · · · · · ·

師父說：「李某某，我就叫你小李吧！」

師父說：「張某某，我就叫你小張吧！」

師父說：「馬某某，我就叫你小馬吧！」

王某某說：「師父，我有事先走了！」

· · · · · · · · · · · · · · · · · · · ·

公兔說：「別人叫我兔爸，好聽！」

公豬說：「別人叫我豬爸，也好聽！」

公狗說：「別人叫我狗爸，也很好聽！」

公雞說：「你們聊，我先走了！」

· · · · · · · · · · · · · · · · · · · ·

老虎，猴子，烏龜。三族的頭領聚會。

老虎說：「人家都叫我虎頭，很威猛吧！」

猴子說：「人家都叫我猴頭，像孫悟空吧！」

烏龜說：「家裡有事，我先走了！」

· · · · · · · · · · · · · · · · · · · ·

哥哥說：「我頭大，村裡人叫我大哥頭，好聽！」

　　姐姐說：「我頭大，村裡人叫我大姐頭，也好聽！」

　　爺爺說：「我頭大，村裡人叫我大爺頭，也很好聽！」

　　奶奶說：「你們聊，我先走了！」

· ·

　　點名時，老師要求有來的人要在自己的姓加上一個「到」字。

　　老師點到小王，小王說：「王到！」

　　老師點到小李，小李說：「李到！」

　　老師剛要點小殷，小殷說：「你們先點，我出去一下！」

· ·

　　產房外，幾個爸爸正在給自己的兒子取名字。

　　老李說：「我讓兒子叫李偉，好聽。」

　　老劉說：「我讓兒子叫劉偉，也好聽。」

　　老趙說：「我讓兒子叫趙偉，也好聽。」

　　老楊說：「你們聊，我先走了。」

· ·

三個女生小劉，小陳，小王，小焦在一起玩。」

小劉說：「我和爸爸姓劉，我愛爸爸。」

小陳說：「我和爸爸姓陳，我愛爸爸。」

小王說：「我和爸爸姓王，我愛爸爸。」

小焦說：「你們聊，我先走了。」

● ●

美國人說：「我們的錢叫美金。」

越南人說：「我們的錢叫越金。」

英國人說：「你們聊，我先走了。」

● ●

三個女生小陳，小王，小文，小劉在一起玩。

小陳說：「我爸爸很忙，人們見他就說：老陳一忙！」

小王說：「我爸爸很忙，人們見他就說：老王一忙！」

小劉說：「你們聊，偶們先走了。」

● ●

成了精的狐狸說：「人們都叫我狐狸精，妖媚。」

成了精的蛇說：「人們都叫我蛇精，神祕。」
成了精的鱉說：「人們都叫我鱉精，大補。」
成了精的老鷹說：「你們忙，我先走了。」

．．．．．．．．．．．．．．．．．．．．．．

魚說：「人們都叫我們做的丸子叫魚丸。」
豬說：「大家都叫我們的丸子是肉丸。」
藥說：「大家都叫我們做的丸子是藥丸。」
蛋糕說：「你們聊，我先走了。」

．．．．．．．．．．．．．．．．．．．．．．

彈鋼琴的美眉說：「我的琴房好小，不爽！」
要結婚的美眉說：「我的新房好小，不爽！」
搞網路的美眉說：「我的機房好小，不爽！」
賣牛乳的美眉說：「哇靠七點了，我回家睡覺
了。」

．．．．．．．．．．．．．．．．．．．．．．

小金說：「我守門，號稱金門，大家放心。」
小鐵說：「我守門，號稱鐵門，大家放心。」
小木說：「我守門，號稱木門，大家放心。」
小剛說：「你們繼續扯，我有事先走了。」

．．．．．．．．．．．．．．．．．．．．．．

部長們在開會，幾個祕書在一起聊天。

小張說：「別人都叫我張祕，有時叫我張祕書。」

小劉說：「別人都叫我劉祕，有時叫我劉祕書。」

小王說：「別人都叫我王祕，有時叫我王祕書。」

小卜說：「你們聊，我先走了。」

· ·

姓張的女士說：「小朋友都叫我張姨。」
姓劉的女士說：「小朋友都叫我劉姨。」
姓李的女士說：「小朋友都叫我李姨。」
姓孟的女士說：「你們聊，我先走了。」

· ·

老張說：「我兒子以後要叫張光，很好聽。」
老王說：「我兒子以後要叫王光，也好聽。」
老吳說：「我兒子以後要叫吳光，也很好聽。」

老龐說：「你們聊，我走先。」

· ·

一日，漢朝天子宴請群雄，席上對眾人一一問候：

　　對劉備說：「備，你媽可好！」

　　對孫權說：「權，你媽可好！」

　　對呂布說：「布，你媽可好！」

　　曹操和蔣幹連忙起身說道：「你們聊，我家小孩要換尿布，先行告退！」

· · · · · · · · · · · · · · · · ·

　　賣汽車的說：「我又多了兩個車房。」

　　賣圖書的說：「我又多了兩個書房。」

　　賣鮮花的說：「我又多了兩個花房。」

　　賣牛乳的說：「你們聊，我先走了。」

· · · · · · · · · · · · · · · · ·

　　銅礦工說：「我叫賣銅的，好聽。」

　　鐵礦工說：「我叫賣鐵的，也好聽。」

　　錫礦工說：「我叫賣錫的，也很好聽。」

　　銀礦工說：「你們聊，我先走了。」

· · · · · · · · · · · · · · · · ·

04
情剩耍嘴皮子實錄

有很多人自稱情聖，但翻閱其愛情史，其實還是坎坷滄桑不堪回首，「情聖」到頭來只稱得上「情剩」，我們從他們說話的風格來看到底問題在哪裡？

◆ 問路記

「我可以向你問路嗎？」
「到那裡？」
「到你心裡。」

◆ 借一塊錢

「我可以向你借一塊錢嗎？」
「為什麼？」
「我想打電話告訴我媽，我剛遇到我的夢中情人。」或「我要打電話給你媽媽，謝謝她把妳生出來。」

◆ 指父為賊

「你爸爸是小偷嗎？」

「不是。」

「那他怎麼能把燦爛的星星偷來放在你雙眸中呢？」（要有心理準備如果她們回答你「是的」，那開頭就改成「難怪他能夠……」）

◆ 抽象式

「你的腿一定很累吧？」

「為什麼？」

「因為你在我的腦海中跑了一整天。」

◆ 要電話號碼

「對不起，我的電話號碼掉了，可以借用你的嗎？」

◆ 求救記

「我希望你會心肺復甦術，因為你美得讓我無法呼吸。」

◆ 間接暗示

看著他（她）的衣服標籤，當他們說：「你在做什麼？」時，回答：「只是看看，你是不是天堂製造的」或者「只是看看，你是不是我的尺寸。」

◆ 怪罪眼睛

「我的眼睛一定有問題，我的視線無法自你身上離開。」

◆ 拐彎誇讚

「我今天很不順利，看見漂亮女生微笑會讓我心情好一點，你可以為我笑一下嗎？」

◆ 氣質派

「抱歉,我是藝術家,凝視美女是我的工作。」

◆ 我最幸福

「相信我,我會讓你成為世界上第二幸福的人。」

「為什麼不是第一呢?」

「有了你,我就是最幸福的人!」

◆ 搞懸疑

「小姐,請妳把它還給我!」

「什麼!」

「我的心,妳用妳的眼睛把他奪走了!」

◆ 耍噁心

「今天的雨真大。」

「是啊!」

「我想一定是老天在對你流口水。」

情剩耍嘴皮子實錄

05

就是愛耍嘴皮子

◇ 老鼠一發威，大家都是病貓。

◇ 男人膝下有黃金，我把整條腿都切下來了，連一塊銅板也沒找到！

◇ 脫了衣服我是禽獸，穿上衣服我是衣冠禽獸！

◇ 親愛的，我……我懷孕了。嗯……三個月了，不過你放心，不是你的，不用你負責……

◇ 我和另一半之間有一點小分歧：她希望我把糞土變黃金，我希望她視黃金如糞土。

◇ 早晨賴床，我從口袋裡掏出六枚硬幣，心想：如果拋出去六個都是正面，我就去上課！猶豫許久，還是算了，別冒這個險了……

◇ 我能容忍身材是假的，臉是假的，胸部是假的，臀部是假的……但就是不能容忍錢是假的！

◇ 士為知己者裝死，女為悅己者整容。

◇ 一山不能容二虎，除非一公和一母。

◇ 千萬別等到人人都說你醜時，才發現自己真的醜。

◇ 加減吃一點，才有力氣減肥啊！

◇ 搖啊搖，搖到奈何橋。

◇ 跌倒了，爬起來再哭～～世界上難以自拔的，除了牙齒，還有愛情。

◇ 生，容易。活，容易。生活，不容易。

◇ 問君能有幾多愁，恰似一群太監上青樓……

◇ 想污染一個地方有兩種方法：垃圾，或是鈔票！

◇ 年輕的時候，我們常常對著鏡子做鬼臉；年老的時候，鏡子算是扯平了。

◇ 出問題先從自己身上找原因，別一便秘就怪地球沒引力。

◇ 拍腦袋決策，拍胸脯保證，拍屁股走人。

◇ 我們走得太快，靈魂都跟不上了。

◇ 不要和地球人一般見識……

◇ 出來混，老婆遲早是要換的！

◇小時候我以為自己長大後可以拯救整個世界，等長大後才發現整個世界都拯救不了我……

◇有錢的都是大爺！但是欠錢不還的更是！

◇生前何必久睡，死後自會長眠……

◇時間是最好的老師，但遺憾的是最後他把所有的學生都弄死了。

◇鑽石恆久遠，一顆就破產！

◇明星脫一點就能更出名，我脫得光光的卻被抓起來了！

◇別和我談理想，戒了！

◇玫瑰你的，巧克力你的，鑽石你的。你，我的！

◇所謂驚喜，就是你苦苦等候的兔子來了，後面卻跟著狼！

◇長個包子樣就別怨狗跟著！

◇男人偷腥時的智商，僅次於愛因斯坦！

◇大部分人一輩子只做三件事：自欺、欺人、被人欺。

◇睡眠是一門藝術——誰也無法阻擋我追求藝術的腳步！

◇為了避免家庭暴力，我決定不結婚！

◇你可以像豬一樣的生活，但你永遠都不能像豬那樣快樂！

◇又美麗、又純潔、又溫柔、又性感、又可愛的處女，就像鬼魂一樣，男人們都在談論它，但從來沒有人親眼見過⋯⋯

◇如果幸福是浮雲，如果痛苦似星辰。那我的生活真是萬里無雲，漫天繁星⋯⋯

◇避孕的效果：不成功，便成「人」。

◇孤單是一個人的狂歡，狂歡是一群人的孤單。

◇父親問我人生有什麼追求？我回答金錢和美女，父親兇狠的打了我的臉；我回答事業與愛情，父親讚賞的摸了我的頭。

◇此地禁止大小便，違者沒收工具。

◇街上看美女，目光高一點就是欣賞，目光低一點就是色鬼。

◇孩兒他娘，咱們這輩子還有很多事要做呢，別耽誤功夫和我玩捉迷藏了，趕緊蹦出來吧～～

◇女人一生喜歡兩朵花：一是有錢花，二是儘量花！

情剩耍嘴皮子實錄

◇ 這個世界不公平就在於：上帝説：「我要光！」於是有了白天。美女説：「我要鑽戒！」於是她有了鑽戒。富豪説：「我要女人！」於是他有了女人。我説：「我要洗澡！」居然停水了！

◇ 真不明白，女孩買很多很多漂亮衣服穿，就是為了吸引男孩的目光，但男孩想看的，卻是不穿衣服的女孩。

◇ 偶爾幽生活一默你會覺得很爽，但生活幽你一默就慘了。

◇ 一隻蚊子在你左腿上叮了一口，你被叮痛了，就在你舉起右手要打蚊子的那一剎那，蚊子對你説了一句：「血濃於水，我身體裡可流著你的血啊！」

◇ 上個月我的一個好朋友向我借了五萬塊錢，説要去做一個整形手術，結果現在完全不知道他變成什麼模樣了，天哪！我的五萬塊錢。

◇ 搶劫者須知：本行職員只懂客家話，請您搶劫時一定要有耐心，最好攜帶翻譯一名，謝謝！

◇ 我比較健忘，於是老婆常叮囑我，説下雨天外出辦事情千萬別忘了雨傘，所以家裡現在已經有十把雨傘了。

◇爸爸今天打了我兩次，第一次是因為看見了我手裡的兩分成績單，第二次是因為成績單是他小時候的。

◇為提高產品的安全性，我們決定在可樂瓶的瓶蓋上加印：請打開這一端；在瓶底上加印：請打開另一端。

◇您想擁有一副好的牙齒嗎？這裡送給你三點經驗：一、飯後漱口早晚刷牙；二、每兩年去醫院檢查一次牙齒；三、少管閒事。

◇我們總是習慣性地認為腦子是人體最重要的器官，但是別忘了這個判斷是誰做的。

◇在教堂聽講聖經的時候，我們應該保持肅靜，打擾別人睡覺是很不禮貌的。

◇人工智慧和天然愚蠢無法相提並論——因為我們主張：「天然Ａ尚好！」

◇一個人如果面對眾人批評仍微笑自如，那麼他很可能已經找到了代罪羔羊。

◇婚姻是愛情的墳墓——如果沒有房子，你連墳墓都進不去！

情剩耍嘴皮子實錄

◇如果白癡會飛，那我的公司簡直是個機場。

◇我想，只要我再稍微具有一些謙虛的特質，我就是個完美的人了。

◇如果您需要諮詢或建議，我們將免費提供；如果您需要正確的答案，請您另外付費。

◇過去，鬧鐘響的時候，我常常有把它拍了再繼續睡的問題，但是自從我在鬧鐘旁邊放了三個老鼠夾之後，我的問題就根除了。

◇我做過很多愚蠢的事情，但是我毫不在乎，我的朋友把它叫做「自信」。

◇我和妻子已經十八個月沒說話了，我沒機會打斷她。

◇我從來不看電視，我只不過是經常核對一下報紙上的電視節目有沒有印錯。

◇你的眼睛就像天上的明月，一個初一、一個十五。

◇我的視力很差，比如說，看見那邊牆上那顆小釘子沒有？你看得見吧，而我就看不見。

◇每天我都不斷地刷新一項世界紀錄——我在世界上已經生活的天數。

044

◇ 你的射擊成績真是太糟了，我要是你就立刻舉槍自殺！如果你決定要自殺，記得要多帶一些子彈。

◇ 如果有錢也是一種錯，那我情願一錯再錯。

◇ 禽獸尚且有半點憐憫之心，而我一點也沒有，所以我不是禽獸。

◇ 偷一個人的點子是剽竊，偷很多人的點子是研究。

◇ 智力測驗，就是要看一個人究竟笨到什麼程度。

◇ 我不會眼睜睜地看著你往火坑裡跳，我會閉上眼睛的。

◇ 最近窮瘋了，沒錢買大餅吃，只好啃饅頭；想吃大餅了，就把饅頭拍扁……

◇ 我實在不明白：為什麼用數學公式來證明物理現象叫做科學，而用天空星宿排列證明人生就叫做迷信呢？

◇ 帥有個屁用！到頭來還不是被卒吃掉！

◇ 好好活著，因為我們會死很久。

◇ 女友問我她死了我會怎樣，我堅定地說：我沒辦法自己一個人活下去。她聽了好感動，其實我是打算再找一個人陪我繼續活下去。

◇ 笨人的可憐之處並不在其笨，而在其自作聰明。

◇不怕被人利用，就怕你沒有用。

◇鄙視我的人這麼多，你算老幾？

◇沒什麼事不要找我，有事更不用找我！

◇大女人不可一日無權，小女人不可一日無錢。

◇痛苦，本來就是清醒的人才能擁有的享受……

◇女人是製造人類的工具，男人是使用工具的人類。

◇諸葛亮出山前也沒帶過兵啊，你們憑什麼要我有
　工作經驗！

◇從一個朋友那裡學到一句話：送你十個字——
　「有他媽多遠，滾他媽多遠」，記得第一次他對
　我們一群人說這個時，就看到所有人都在下面扳
　指頭數是不是十個字……

◇對付以默不作聲來掩飾自己無知的人的最好方
　法，就是以其人之道還治其人之身。

◇我第一次時很緊張，他一直很溫柔的要我放鬆，
　接著插入我身體，那裡在流血，我痛得喊不出話
　來，這才明白……捐血是這樣的！

◇要在江湖混，最好是光棍。

◇有錢人終成眷屬。

◇問世間情為何物？一物降一物。

◇不要和我比懶，我懶得和你比。

◇我是耶穌他兒子，椰子！

◇大學就是「大」概「學」一學。

◇我左青龍，右白虎，肩膀紋個米老鼠。

◇BMW是「別摸我」，MSN是「摸死你」。

◇生活可以將就，生活也可以講究。

◇別人的錢財，乃是我的身外之物，有何捨不得？

◇我這個人最老實，從不說謊話。這句除外。

◇不要說別人腦子有病，腦子有病的前提是必須有個腦子。

◇我最近真的很忙，甚至一天都很難擁有十六小時的睡眠。

◇別洗它，要不是這些泥巴，我這破車早就解體了。

◇大師兄，物價上漲，聽說二師兄的肉比師傅還貴呢！

◇ 我希望有一天我能用滑鼠點開我的錢包，然後選其中一張千元鈔票，先按「Ctrl－C」拷貝，然後再不停的按「Ctrl－V」複製。

◇ 女為悅己者容，男為悅己者窮！

◇ 我對坐我旁邊的同學說，你距離天才只有一步之隔。

◇ 天賜你一對翅膀，就應該被烤來吃。

◇ 男人長得帥有個屁用呀？去 ATM 能用臉提款嗎？

◇ 都說男人有錢就變壞，他媽的我都當了二十多年的好人了。

◇ 傷害人的東西有三種：煩惱、爭吵、空的錢包。其中最傷人的是空錢包。

◇ 開車無難事，只怕有新人。

◇ 與人爭執時，退一步海闊天空；追女友時，退一步人去樓空。

◇ 聽說女人如衣服，同學如手足。回想起來，我竟然七手八腳地裸奔了二十年。

◇ 上帝欲使人滅亡，必先使其瘋狂；上帝欲使人瘋狂，必先使其買房。

◇寧願相信世間有鬼，也不相信男人那張破嘴。

◇爺爺都是從孫子走過來的……

◇我是個無神論者，但在半夜卻不敢承認這一點。

◇男人只分兩種：一種是好色，另一種是超好色！

◇當白天又一次把黑夜按翻在床上的時候，太陽就
　出生了……

◇有尿當尿直須尿，莫等無尿空抖鳥。

◇我和超人的唯一區別是：我把內褲穿在裡面了。

◇我身在江湖，江湖卻沒有關於我的傳說

◇走別人的路，讓別人無路可走。

◇水至清則無魚，人至賤則無敵。

◇對於流血一星期而仍然不死的動物，千萬不能大
　意……

◇你唱歌絕對不會把狼引來，真的！不過倒是會把
　狼嚇跑。

◇騎白馬的不一定是王子，他可能是唐僧；帶翅膀
　的也不一定是天使──媽媽說，那是鳥人。

◇有一天，我夢見自己的錢花光了，醒來一看，口
　袋真的空空……

◇我減肥已取得了很大的成功，你看，我三個下巴都尖了。

◇巧克力的麻煩是：你把它吃了，它就沒了。

◇肚子大不可怕，可怕的是大而無料。

◇相親最大的好處是：如果日後婚姻出問題，你可以把責任推給媒人。

◇人，生在床上，死在床上，欲生欲死，也在床上。

◇我的意中人是個絕色大美女，終有一天她會騎著噴火的恐龍來嫁給我。但是，故事的結局，我只看到了她的坐騎，卻沒看到它的主人。

◇樹不要皮，必死無疑；人不要臉，天下無敵。

◇無所為而無所謂，無所謂而無所不為。

◇騷歸騷，騷有騷的貞操；賤歸賤，賤有賤的尊嚴。

◇站得更高，尿得更遠。

◇穿別人的鞋，走自己的路，讓他們找去吧！

◇再過幾十年，我們來相會，送到火葬場，全部燒成灰，你一堆，我一堆，誰也不認識誰，全部送到農村做堆肥。

◇ 自從我變成了狗屎，就再也沒有人踩在我頭上了。

◇ 魚和胸罩不可兼得。

◇ 內行的看門道，外行的看人行道。

◇ 路邊野花不要，踩。

◇ 說過的話可以不算，喜歡的人天天要換。

◇ 你放心，看到你我連食欲都沒了，還談什麼性欲。

◇ 五馬分屍中──你要不要來一塊？

◇ 如果早上能來得晚一些的話，我想我會喜歡早上的。

◇ 我不能給你幸福，但可以給你舒服！

◇ 天哪！我的衣服又瘦了。

◇ 以後不要在我面前說英文，OK？

◇ 你不能讓所有人滿意，因為不是所有的人都是人！

◇ 男人的謊言可以騙女人一夜，女人的謊言可以騙男人一生！

◇ 水能載舟，亦能煮粥……

◇一見鍾情，再而衰，三而竭。

◇我以為我很頹廢，今天我才知道，原來我早就報廢了。

◇我視金錢如糞土，我爸視我如糞池。

◇我喝酒是想把痛苦溺死，但這該死的痛苦卻學會了游泳。

◇別人都在假裝正經，那我就只有假裝不正經啦！

◇某鮮花店的廣告：今日本店的玫瑰花售價最低廉，買幾朵送給太太都划算。

◇敬告暴牙人士！雖然你是暴牙，但別自卑，暴牙很好！暴牙可以挖地瓜，下雨可以遮下巴，喝茶可以隔茶渣，野餐可以當刀叉，你說暴牙是不是頂呱呱！

◇清朝吉祥話：祝家庭順治、生活康熙、人品雍正、事業乾隆、萬事嘉慶、前途道光、財富咸豐、內外同治、千秋光緒、萬眾宣統！

◇丁字褲廣告：以前，脫下內褲看屁股；現在，撥開屁股看內褲……

◆ 我就像一隻趴在玻璃上的蒼蠅，前途一片光明，而我卻找不到出路。

◆ 有人向我挑戰說：你放馬過來。我不回話，只是疾馳而去，然後放馬後炮打倒他。

◆ 所謂長大，就是你知道那是什麼事，所謂成熟，就是你知道後故意說不知道。

◆ 膽小的偽君子把白的說成灰的，膽大的偽君子把黑的說成灰的；顛倒黑白最成功的，不是顛倒了黑白，而是沒有了黑白。

◆ 鐵杵能磨成針，但木杵只能磨成牙籤，材料不對，再努力也沒用。

◆ 怎麼維持身材呢？暴飲暴食。

◆ 學問之美，在於使人一頭霧水；詩歌之美，在於煽動男女出軌；男人之美，在於情話說得虛偽；女人之美在於蠢得無怨無悔。

◆ 再難再苦，就當自己是二百五；再驚再險，就當自己是不要臉。

◆ 解釋就是掩飾，掩飾就是編故事。

◆ 大公司老闆招聘女祕書的基本條件：台大政大，不如波大。

◇感冒了不吃藥的話，要七天才能好；到醫院看病吃藥的話，一個星期也就好了。

◇難道全世界的雞蛋聯合起來就能打破石頭嗎？所以，做人還是要現實些。

◇大氣物理系的學生在氣象局實習，終於知道「明日降水機率三十」是怎麼算出來的了。預報科的科長在辦公室裡找了十個人問：「同意明天下雨的請舉手」，結果三個人舉起了手。

◇狂人：每天早上起床我都要看一遍富比世富翁排行榜，如果上面沒有我的名字，我就去上班。

◇Ｔ仔：我曾經差點和一個男孩子結婚，結果——唉，他轉學到另一所小學去了。

◇生活就是一陀屎，你要學會挑裡面的蛆吃。

◇好人沒好報，壞人都知道。

06

大學寢室回憶錄

住校的歲月是許多人難忘的記憶，千奇百怪的事都有可能發生，不信你看！

· · · · · · · · · · · · · · · · · · · ·

大二住校時，不知道誰的杯子裡被人泡進了衛生紙。大家看了噁心，沒人管那個杯子就把它放在窗枱上。日子一久，那杯水就發黃了。

有一天下午，一個學弟踢完球之後跑來找我，口渴就在我們宿舍裡找水喝。一進門看見了那杯泡了衛生紙的水，拿起來問：「誰的菊花茶？」

我們剛要說別喝，他就一口氣全喝進去了，當然，也包括那張泡得爛爛的衛生紙

喝完後，他擦擦嘴說了句：「還蠻甜的！」然後就跑掉了。

他剛走出宿舍我們就忍不住了，笑了好幾天，到現在他還不知道呢！

大學時，寢室有一個同學一直表現得像個好學生，被我們取綽號叫「K棍」。

有一天，寢室的幾個同學說晚上去看電影，問他要不要一起去。他一臉無奈地說：「不行啊，我晚上已經有計劃好要K高等微積分了。」

後來，禁不住我們的盛情相邀，他打算拋硬幣來決定是留在宿舍K書還是和我們去看電影——正面是K書，反面就去看電影。

結果——連續拋了十七次都是正面，最後「K棍」一氣之下把硬幣扔到床上，說：「靠，沒見過運氣這麼爛的，去看電影吧！」

● ● ● ● ● ● ● ● ● ● ● ● ● ● ● ● ● ● ●

寢室有一個學妹身高一五八，卻交了一個身高一九二的男友。

某天下雨，從圖書館回來後悶悶不樂，大家問她怎麼回事，學妹鬱悶地說：「出了圖書館，外面有積水，前面一對情侶，男生把女生抱過了積水，可是我的他看了看我，想了一下，竟然用胳肢窩把我夾了過去！」說完，整個寢室爆笑不已！

與我同寢室的某位同學經常做一些令人目瞪口呆的事情。

有一次快上課前，他忽然內急，衝進教室旁邊的廁所時要另一位室友拿幾張衛生紙給他，誰知那室友天生記性差，居然忘了。半節課之後，那位同學才姍姍來遲走進教室，進來以後，他對著那位室友狂罵一陣。

下課後，我問他大號之後擦屁股的問題如何解決，他拉起褲管，我的媽呀！襪子不見了！

• •

研究所二年級上學期的時候，研一的獎學金發下來了，幾個同學裡有一半拿了獎金，就請客去啤酒屋聚餐，大家把錢都交到班代手裡。

酒過三巡之後，大家都有些醉了，尤其是班代竟然開始滔滔不絕地講酒話了，遂決定付錢走人，一摸口袋，幾乎都沒有帶錢，就叫班代付錢，他老大拒不掏錢，摸他口袋，也沒有發現鈔票，只好我們自己又到 ATM 提款來結帳。

我們將班代拉出啤酒屋之後，涼風徐徐吹來，

班代就不走了，說：「你們幹什麼？我的同學們還在吃飯」我們對他解釋我們就是你同學，該回學校宿舍了，同時大家開始分工合作，有人拉班代的手，有人抱他的腰，此時老大說了一句我這輩子永遠忘不了的話：「搶劫呀！搶人了，殺錢了，同學們快來呀！搶人了，殺錢了

～～（錢和人都說不清楚了）」

經過艱苦卓絕的戰鬥，大家終於將班代放到床上，他還是在說這句話，這時我們發現了班代把錢放到什麼地方了——原來他一直捏在手裡，從啤酒屋到學校宿舍大概五百多公尺，他老大就這麼一直緊捏著，沒有鬆手。我們同學幾個感嘆了一句：第一，以後絕不能讓班代再喝多；第二，錢以後還是班代掌管！

• •

大學時代，宿舍裡有一同學超猛。大一的時候我們晚上睡前愛躺在床上開談話會。大家都是把燈一關，躺在床上信口開河。那位同學也不知怎地無論怎麼吵，他都能把頭一蒙，然後一覺到天亮。

大家私底下經常佩服他的睡眠系統果然強悍。

某夜，大概都晚上十二點多了，談話會還在繼續而且燈也還沒關。忽然，那位同學猛地拍床而起，伸出了四個指頭，大吼了一句：「對你們這種人，我只說四個字——沒道德沒修養！」話剛說完，他又一個接一個伸出了四個手指頭，口中念念有詞：「咦？好像是六個字。」說完這句，又轟然躺下蒙上了頭。

我們大家呆呆地目擊這發飆的整個過程，差點就沒全從床上掉下來，笑死人了。

07

親愛的主

「親愛的主，我每天上班投入八個鐘頭的時間，但是我老婆只待在家裡而已。我希望她知道我過的是什麼日子，所以請讓我們的身體交換。」

上帝，以他無比的智慧，成就了這個男人的願望。

第二天早晨，很確定的是，這男人起床成了個女人……「他」起床為「他」的伴侶做早點，叫醒孩子們，替孩子穿制服，餵他們吃早餐，替他們裝便當，載他們上學，回家的路上要去洗衣店收送衣服還要到銀行存錢，到菜市場買菜，然後回家把菜放一邊，還要為各項開銷記帳。

「他」清了貓的砂盒後，還替狗洗澡。然後時間已經到了下午一點鐘了，「他」趕快把棉被折好，

洗衣服，吸地板，拖地，擦廚房地板再到學校去接小孩，然後一路上和小孩說話。

回家後，趕快幫孩子準備點心和牛奶，讓孩子乖乖地寫功課，然後「他」把燙馬擺好，一邊燙衣服一邊看電視。

下午四點半，「他」開始削馬鈴薯、洗菜，準備做沙拉、烤肉餅，為晚餐做準備。晚餐後，「他」要整理廚房、洗碗、把收好的衣服折好、哄小孩睡覺。

晚上九點，「他」已經累壞了，但是白天的雜務還沒做完。不管了，「他」上床想休息了，但是還要「嘿咻嘿咻」，而且還要設法不要抱怨。隔天，「他」一起床，立刻靠著床邊跪下來跟上帝說：「主啊！我不知道我之前在想什麼，現在我知道我實在錯得離譜，錯到去妒嫉我老婆整天在家，求求您，讓我們換回來！」

上帝以他無比的智慧，回答他：「孩子，我知道你已經學到教訓，而且我也很願意把你們兩人換回來。但是，你還要等九個月，因為昨天晚上你懷孕了！」

親愛的主

08

我的鄰居真可愛

這是台北市還沒推行「垃圾不落地」之前的事，那真是一個可歌可泣的時代啊！

有一天晚餐之後，我照例提了垃圾到巷口那根電線桿旁邊丟棄，忽然發現有人在電線桿上貼了一張「此處不准丟垃圾」的字條。

我想，這很可能是住在電線桿旁邊那戶人家貼的。我只好回家騎了車，就近找了另外一個地方丟垃圾。

隔天吃過晚飯，提了垃圾走到巷口，才想到昨天看到的布告，一回頭，卻發現布告中的「不准」二字給人塗了。布告變成「此處可以丟垃圾」，那大家更可以名正言順丟垃圾了。

事隔一天，布告又換成「在此丟垃圾者，遭天

打雷劈」。我想，寫這樣的布告也未免太機車了。隔天早上出門的時候，布告已經被人改成：「在此丟垃圾者，天打雷，劈不到」。有這樣的保命護身符，大家還不踴躍嗎？頓時看到成堆的垃圾疊得好不壯觀。

　　兩天後，新的布告寫著：「在此丟垃圾者，全家死光光」。平靜的日子只過了三天，那天中午經過的時候，看見布告又多了一個字：「不在此丟垃圾者，全家死光光」。我靠！看到這個，不馬上提兩包垃圾來丟行嗎？

　　最後那戶人家使出殺手，布告不見了，換上一張紅紙寫著：「敕令＄％＠＆＃＃」（看不懂）底下還擺了一個小香爐，旁邊還燒了一堆紙錢。看不懂這是什麼陣仗，不過真的很避邪，一個禮拜都沒有人敢妄動。

　　一個星期之後的某天黃昏回家時，看到電線桿旁竟然有一包垃圾。我想真有哪個不怕死的，走近一看才發現，那張「敕令」紅紙被人換成了元首的玉照，還在照片兩邊寫著：「風調雨順」「國泰民安」，橫批：「愛拼才會贏」，下批：「拼命丟！才會贏」。

我的鄰居真可愛

09

我的遺書

　　某天，有位阿伯來到捷運淡水站的辦公室，拿著一包用牛皮紙袋裝的東西，很慎重地告訴站長說：「這一包是我的遺書，等一下我太太會來拿，麻煩你幫我交給我太太。」

　　站長想說好啊，幫旅客的忙是表現服務精神的好機會，而且幫忙轉交東西並不是什麼多困難的事，就很爽快地答應了。

　　然而，當站長回過神來想那阿伯好像說什麼「遺書」之類的時候，那阿伯已經刷了票進站去了。

　　由於當時捷運才發生過旅客自殺事件不久，站長心想這下完蛋了，這位阿伯連遺書都寫好了，可不要做出什麼想不開的事情才好，萬一阿伯跑去臥軌了，那站長可要為自己的一時疏忽縱放阿伯進站

而愧疚一輩子，好歹也是一條人命啊！

　　站長趕緊衝上月臺，結果卻不見阿伯的身影，顯然阿伯已經坐車跑掉了！可能是要找個不為人知的地方了結自己的殘生吧！

　　站長第一時間趕緊以無線電呼叫行控中心報告這個緊急狀況，行控中心接到這個訊息後也全部緊張起來，除了呼叫全線列車注意是否載有長得像那位阿伯的可疑乘客，還發動全線的站長到車站各處尋找阿伯的身影，連在線上巡邏的捷運警察都全體出動去找那位阿伯。

　　隨著時間的過去，各站、各列車及巡邏警察逐一匯報均無發現，阿伯的太太也一直未出現在淡水站，行控中心主任的心一直往下沈，心裡擔心會不會下一次匯報就是不幸的消息呢？

　　站長想，阿伯的遺書中可能有相關的線索，也許可以找得到人。於是他們打開紙袋，發現裡面裝的竟是淡水名產「魚酥」！

10

要命的Ｄ齒不清

　　一個騎兵在作戰中不幸被俘。

　　「我們會殺掉所有俘虜，」敵軍首領對他說：「不過由於你在作戰中表現英勇，令人佩服，我可以三天後再殺你，在此之前我願意達成你三個要求。現在，你可以提第一個要求了。」

　　騎兵想也沒想，說：「我想對我的馬說句話。」首領答應了。

　　於是騎兵走過去，對他的馬耳語了一句。那馬聽了後，長嘯一聲，疾馳而去。

　　黃昏時分，馬回來了，背上馱著一個漂亮女郎。當天晚上，騎兵便與女郎共度良宵。

　　敵軍首領嘖嘖稱奇：「真是一匹神奇的寶馬！」他說：「不過，我還是要殺你。你的第二個

要求是什麼？」騎兵再次要求和馬說句話。首領答應了，於是騎兵再次跟馬耳語了一句，那馬又長嘯一聲，疾馳而去。

黃昏時分，馬又回來了，這次背上馱的又是個女郎，比上次那個更加性感動人。當天晚上，騎兵與這位女郎又度過歡樂的一晚。

敵軍首領大為嘆服：「你和你的馬都令人大開眼界，不過明天我還是要殺你，現在你提出你最後一個要求吧！」

騎兵想了一下，說：「我想和我的馬單獨談談。」

敵軍首領覺得很奇怪，不過還是點頭應允，帶著隨從離開了，帳篷裡只剩下騎兵和他的寶馬。

騎兵死死地盯著他的馬，突然揪住牠的雙耳，氣沖沖地說：「我再說一遍，帶一個旅的人來，不是帶一個女的人來！」

倒楣鬼的自傳

　　我很衰，不只是我自己倒楣，就連誰對我好或者我對誰好，誰都會倒楣。

　　出生的時候，剛好趕上了接生護士失戀，我由於沒在第一時間哭出聲來，結果遭到她一頓毒打。

　　一歲的時候，剛學會爬著走路，滿屋子爬，結果在我的床下摸到了一個老鼠夾。

　　據說那個老鼠夾買回來兩年了，一隻老鼠沒夾到，第一次夾到的就是我的手。

　　兩歲的時候，我學會了走路，在家裡和爸媽捉迷藏。我躲在我的床下，結果踩到了另一個老鼠夾。據說這個老鼠夾買回來三年了，第一次夾到的就是我的腿。

　　三歲的時候，我想下樓梯。隔壁的張老太太說

要牽我下樓梯，免得摔下來。結果話沒說完，她就直接摔下樓梯了。從四樓順著樓梯摔到了一樓，直接跨入老年癡呆階段。

四歲的時候，警察叔叔牽我過馬路，我還沒說謝謝，他就被一輛摩托車撞到了馬路對面，半身不遂。

五歲的時候，爸爸送我去幼稚園。幼稚園阿姨誇我長得很漂亮。話剛說完，五樓就掉了個花瓶下來，直接命中了阿姨的頭蓋骨。在醫院縫了十五針，智商退化到五歲。

六歲的時候，第一次到動物園。我說，那頭公無尾熊比那頭母無尾熊好看。第二天，那頭被我誇獎的無尾熊死於癌症。

七歲的時候，我上了小學。期末考試，數學老師說我考了五十九分，就算六十分好了。第二天，數學老師死於車禍。

八歲的時候，我誇我們班上有位女生長得好漂亮。五分鐘後，那位女生趕上了罕見的流星雨，頭髮被流星的火苗燒去了一半。

九歲的時候，我學會了搶劫。我攔路搶劫了一個五歲的小朋友，結果被他一頓暴打。他自稱是全

倒楣鬼的自傳

國兒童跆拳道比賽冠軍的黑帶高手。

十歲的時候，我和小胖一起上廁所。小胖誇我小便的樣子真帥，我正準備說謝謝，小胖已經一腳踩空跌進了馬桶裡。

十一歲的時候，老師問我三乘七等於多少，我說三七二十一。老師說，你真聰明，話沒說完就死於心臟病。

十二歲的時候，小學畢業考試。監考老師對我說，快抓緊時間，時間不多了。我說，謝謝老師的提醒。剛說完，老師頭頂的電扇掉落了，那時候電扇還在旋轉……

十三歲的時候，我讀國中了。我之前的經歷嚇得沒人敢和我接近，只有一個號稱大膽的王姓同學跟我說了一句：我不相信你會這麼背。當天下午放學時，王大膽被兩個飆車少年追了八條街才逃過一劫。

十四歲的時候，老師要我們寫作文，題目叫《我們的大橋》。我在作文裡提到：學校附近的那座大橋很雄偉……第二天，我去上課的時候，發現那座大橋突然倒塌了。

十五歲的時候，我喜歡上了一個女孩。我不敢

說出來，怕害了她。可是我控制不了自己，終於我挑了個晴朗天氣在學校空曠的操場上跟她表白。據天氣預報說，當天絕對不會有流星雨。可是當我表白後，地震發生了，我看著這位女孩哭著掉進了裂縫中……

十六歲的時候，我讀高中了。我喜歡上了踢足球，對方守門員誇我球踢得不錯。於是，球門突然倒塌了……

十七歲的時候，我跟著人群去觀摩跳樓專家跳超高大樓。結果，我被跳樓專家壓個正著……兩個月後，我和他雙雙出院。在住院部門口，他對我說謝謝我救了他。才剛說完，他被另一個在醫院頂樓跳下要自殺的癌症病患壓在身下，這次他沒能倖免於難……

十八歲的時候，我成年了。我第一次到銀行存款，結果碰上了有人持槍搶銀行。櫃檯小姐跟我說：噓……別說話，歹徒一不爽就會殺人。才剛說完，櫃檯小姐被搶匪打爆了腦袋……這就是我十八年來短暫而奇怪的人生，你知道有這一回事就好，別提出任何評論，不然……後果自行負責。

倒楣鬼的自傳

12 強詞奪理

在餐廳裡，有個顧客突然指著碗裡的湯大聲喊：「啊！湯裡有一隻蒼蠅！」服務生有以下十種強詞奪理的回答：

一、「噓！小聲點，讓別人聽到會說我們服務不公平，我們不能在每個碗裡都加進一隻。」

二、「得了吧，在一碗二十元的湯裡你還想看到什麼？一頭牛？」

三、「不可能，我記得我已經把湯裡面所有的蒼蠅都挑出來了呀！」

四、「看清楚了嗎？應該是一隻蟑螂才對啊！」

五、「你放心，那個我們不會另外收費的。」

六、「好了啦，那麼小氣幹嘛？一隻蒼蠅能喝

你多少湯？」

　　七、「別管它，燙死它活該！」

　　八、「你這碗也有嗎？」

　　九、「這麼大驚小怪幹嘛？你是第一次看到蒼蠅嗎？」

　　十、「謝天謝地！這次不是死老鼠。」

13

大學畢業生之毛遂自薦

我是一名即將邁入社會的大學生，幾年的大學生活造就了我這樣一個德、智、體、群、美全面發展的複合型全才，在臨近畢業之際，特將幾年的學習成績向關心和愛護我的人們彙報如下：

我學會了做飯：泡速食麵的技術在五二九寢室堪稱一流。

我學會了使用電腦：能熟練地開關機，特別擅長玩網路遊戲，在整個學院裡少有對手。

我學會了多種外語：與人見面時會說「撒哇迪卡」（泰語）、罵人用「fuck」（英語）、與美眉道別時則說「莎喲哪拉」（日語）。

我學會了體貼關心人：尤其關心漂亮的美眉，幾年的時間裡，我先後照顧過十幾位美眉，眾望所

歸地被評為本校愛心大使。

我學會了高雅音樂：曾多次獲得過學校附近的好樂迪ＫＴＶ舉辦的歌唱比賽優勝獎。

我學會了健身運動：主要是打撞球、打架及玩Wii。

我精通化學：知道硫酸具有極強的腐蝕性，見到被我甩掉的美眉拿硫酸朝我走來就要溜之大吉。

我學會了自力更生，自己掙錢養活自己：經常用校園高速網路下載Ａ片及mp3、電影，再燒成光碟賣給同學。

我學會了團結同學：有煙大家抽，有酒大家喝。考試時，人人都爭著給我打pass。

我練就了一手好書法：學校周圍的名勝古蹟都有我的題字：Ｔ大名人到此一遊。

我學會了勤儉節約：每天睡到下午三點鐘才起床，三頓合一頓，為國家節約大量的糧食。平均半個月洗一次澡，一個月洗一次衣服，多次被評為全院的「節約之星」。

我學會了寫文章：寫給女孩子的情書足足有一抽屜。

我熱衷於藝術：特別是人體藝術和周星馳的搞

大學畢業生之毛遂自薦

笑電影。

　　我學會了管理：學弟們都很聽我的話。

　　我掌握了熟練的駕駛技術：可以一邊騎自行車一邊抽煙一邊打瞌睡。

　　我學會了尊老愛幼：遇到教授喊帥哥，看到學妹叫寶貝。

　　我學會了腳踏實地：天天赤腳，穿西裝、短褲，打領帶。

　　我學會了有幽默感：會講兩千個以上的黃色小笑話。

　　我學會了以理服人：與別人發生爭執，常常罵得對方哭著給我承認錯誤。

　　能具備以上各項能力，我真的要感謝國家和學校的栽培，希望能應用在社會上，做個有貢獻的人。

小偷家書

　　某國小老師在批改學生連絡簿時，意外看到一封疑似家長要寫給孩子的「家書」，因為內容特殊而將此信送交警察單位，輾轉流傳之後，知道的人越來越多，如果你還沒看過，不妨來笑一笑：

　　孩子：如果世界上還有人敢承認自己是小偷的話，這個人就是我。不過我相信，就連我師父他也不敢承認。那次在阿里山一起看日出時，他偷了我的錢包後，我們就斷絕了師徒關係，他變得很讓我瞧不起他。

　　但是對於一項事業，缺乏正確的指導和嚴格的訓練便很容易走冤枉路，這使我在偷竊方面到現在為止還沒有找到捷徑，屢次失敗。

　　在我完成最近一次行動後半小時，我開始意識

到我可能即將面臨第四次被逮捕。

老實講我不怕被關進牢房，因為那裡的伙食很好，而且不要錢，廚師像我媽媽一樣瞭解我的喜好。

我所痛恨、自責的是我的馬虎。對於這個毛病，我的小學老師早就提醒過我，可是我始終不以為然，現在再想起那些金玉良言，已經晚了。（國小老師註：這段話對小學生有極好的啟發，希望徵求當事人同意後在課堂上引用）

法官可能會讓我在監牢裡度過餘生，於是趁現在還有時間，我要把我的一些經歷講出來，留給你不要再犯和我同樣的錯誤。

我的兒子，我首先要告誡你的是，希望你以後千萬絕不要酗酒。它會毀掉你的身體，麻木你的神經，破壞你的味覺系統，使你受到它的驅使而不自知。

我第一次被捕，就是因為在失主家酗酒造成的。後來我在警察局被別人用嘴裡的水噴醒，說起來簡直是奇恥大辱，尤其是對於我們這種有教養的家庭而言。

兒子，我從來沒有求過誰，但我現在想讓你答應我，將來千萬不要把這件事告訴給你的兒子，我

會令他感到恥辱，讓他年紀輕輕時就受到自尊心的傷害。

第二，不要去讀馬克吐溫的小說。自從我第一次被捕後，我改掉了酗酒的毛病，代之以看馬克吐溫的小說來消磨時光。他的小說的確很好看，我認為他在幽默方面應該是世界第一。但你不要看，因為我馬上就要談到我的第二次被捕。

那一次我偷的是個出版社社長家。我在翻出了他家所有的存摺和現金之後，見時間還早，就在他家燉了一鍋紅燒肉。紅燒肉很膩，因此我想再找一點水果來吃，這時我突然發現他床頭有一本馬克吐溫小說選的下冊。關於這套小說選，我多說一句：你爸爸我很遜咖，偷了好幾年也只偷來了上中兩冊。那天看到下冊，我高興得真想向全世界宣佈這個消息。我經不起誘惑靠在躺椅上讀了起來，一下子就被迷住了，等到警察把我從躺椅上拉起來的時候我才想起錯過了回家的時間。那套書我到現在也沒有湊齊，別怪爸爸。

不要總試圖仗著自己有幾分學問就去和別人辯論，這是我給你的第三個忠告。在這一問題上，我有著切膚之痛。

小偷家書

這件事發生在張教授家，對，也就是你女朋友的爸爸，那個該死的皮膚科醫生。他總以為自己對什麼都在行，其實狗屁，他比起我還差得遠呢！他花二十萬塊錢買來的那幅「十駿圖」，他還以為是真貨，總和我辯論它的筆法多麼豪邁啦，構圖多麼大氣啦，意境多麼美好啦，氣勢多麼雄渾啦，還說我不懂藝術。

　　呸，這頭蠢驢，那幅畫就是我賣給他的假貨（是你媽媽畫的），難道我還不知道嗎？辯論來辯論去，我實在忍不住了，就把真相說給他聽。他不相信，還說，明天接著辯論。

　　第二天我去找他，他極沒有辯論風度，暴露出缺乏教養的人身上所具備的所有毛病。他還找來了四個警察做我的辯論對手。

　　那一次我發揮三寸不爛之舌，用事實把他們說得顏面掃地，以吃三個月牢飯的代價換來了辯論的全面勝利。

　　現在該談談最近的一次，也就是我所擔心的事情了。這一次我犯了小偷史上最大的錯誤，很有可能被後人以負面案例編入《小偷教學大綱》。

　　我在那家女主人照片的背面，用法文寫了一首

十四行愛情詩，又怕她看不懂，就簡而化之為一句話，寫在了相片正面：「你是我心中的天使，你帶走了我心中的思念。我愛你。」落款處還留下了聯繫電話。

現在我很後悔做了這件事情，我猜想麻煩也快到了。這是提醒你，千萬不要愛上除了你母親和妻子之外的任何女人；更不要寫什麼無聊的十四行愛情詩。

最後，我希望你記取我的教訓，不要馬虎，做一個認真對待每件事情的小偷。我已經聽到警察的腳步聲了，先寫到這裡。

補充說明：這是剛才發生的事，警察到樓上把我師父帶走了。我想，我好像留的是他的電話號碼。

15

保險套回收再利用

有一個人在網路上問了這樣一個問題:用過的保險套能不能洗過再用?很多人都熱心的給予自己的見解,有辛辣亦有中肯,在此摘錄分享,希望對你有所助益:

◇ 你的用意我很能理解。最近景氣實在太差,能省就省。就是不知道到底還保不保險?

◇ 窮成這樣了?看來大家晚上關了燈也就這麼一點娛樂了!

◇ 在裡面滴一些醋,可能有幫助,酸性可以殺菌和殺精。

◇ 何不考慮戴保鮮膜,上面抹一點凡士林就不會太澀。

◇ 白天拿出去曬一曬用陽光殺蟲就可以,還要浪費

水去洗嗎？

◇放心用吧！出事我負責。

◇可以用回收塑膠袋啊！那也不必花錢。

◇用香腸的外衣呀，還有保鮮期限呢！

◇吃手扒雞的手套也不錯哦！一個手套能分五次用！你沒有這麼窮吧？除非你天天用！你真的天天用？沒這麼厲害吧？

插一個笑話。計劃生育工作小組來到一個小村莊，推行避孕節育措施，但醫生發現很難說服這裡的女人們服用避孕藥，於是他們決定教男人戴保險套。

有一個村民在八年裡生了八個孩子，醫生告訴他，他實在是要採取一些避孕措施，他對這個村民說，只要他戴保險套的話，他的老婆以後就不會再生小孩了。

一個月後，工作小組發現，這個村民的老婆又懷孕了，醫生非常氣憤，把那人叫來，問他為什麼沒有戴保險套。

這個村民答道：「我確確實實戴了，可是，戴到第三天，我被尿憋壞了，只好在前面剪開一個

洞。」

◆我有個朋友後火車站批發氣球，如果你有需要的話可以用批發價賣給你，保證划算。有夜光，也有顆粒的。

◆建議第一次使用的時候只使用前八分之一的部分，即只使用前面凸出來的那段。當然，如果還會擔心安全問題的話，就只讓你小弟弟進去一點點就行。

依此類推，要使用到第八分之二部分的時候，把前面使用過的地方打個結，後面還能繼續使用六次。如果不出意外的話，最後將用過的套套埋於地下，若干年後被發掘，結繩記事的歷史將被你改寫哦！

以上純屬博君一笑，正確使用方式請見其說明書。

16

屁股立志宣言

屁股在人的身體上扮演著極重要的角色，可是由古至今始終無法獲得應有的尊重，常淪為人們冷嘲熱諷的話題焦點，本文在此嚴肅探討屁股對於人體的重要性，藉以激勵屁股們能「自重而人重之」：

敬告偉大屁股們：你們不能再沈默了！你們每天至少有八小時都在承受著沈重的壓迫，受盡了苦難，還要遭受冷嘲熱諷。和那張得了便宜還賣乖的臉以及備受讚譽的手相比，這是何等的不公平！

從小到大，你們一直飽受蹂躪。小孩子闖了禍，無論罪魁禍首是誰，倒楣的總是屁股。在中國古代，大人的屁股也經常被打擊，有很多道貌岸然的大臣，最終也逃不過被扒了褲子打屁股的命運，肉體上的疼痛倒在其次，精神方面的蹂躪是不可忍

受的！

每次主人生病了以後，總是將各種注射藥物經由屁股注射到全身，小孩子打針總是又哭又叫，大人則默不作聲、談笑風生，也許成年必須以不再重視屁股的威嚴為代價？這是何等的恥辱！

你們有時還被用來作擋箭牌。為什麼電影裡的床戲部分大都選用男上女下式的體位（A片除外）？因為女主角希望借助男主角的屁股來遮擋住自己的關鍵部位，比如說臉什麼的。

屁股們，你們都很少受到武林人士的重視，有練鐵頭功的，有練鐵砂掌的，還有練鐵布衫的，就是沒有練鐵屁股功的。不過嵩山派有一招「屁股向後平沙落雁式」倒是填補了這一空白，雖然不太雅觀。

關於放屁這件事情，其實跟你們一點關係都沒有，充其量也只是因為屁股的特殊結構造成空氣流動不暢，而產生各種怪異的聲音，讓主人很沒有面子，但是「響屁不臭」的道理誰都懂，看起來屁股在「澄清事實」這方面還是有極大功勞的。

其實屁股和乳房是棋鼓相當的，乳房已經被細分為乳暈、乳溝這樣的矚目焦點，現在很多女士熱

衷於穿低胸衣服意圖暴露自己的乳溝，而你們為什麼還是被包裹得密不通風的？天天在忍受著濕氣與沒有陽光的痛苦？

你們還要忍受常人不能忍受的委屈。屁股因為其特殊的地理位置總是讓人們產生不健康的聯想，然後歸為「黃色」的範疇，每當「掃黃」的時候屁股都是戰戰兢兢，惶惶不可終日。其實屁股一不參與色情，二不參與盜版，實在是守法的好典型。古典名著《三字經》說：「昔孟母，擇鄰處」，可以看出鄰居的重要性，可是屁股實在是沒有能力搬遷，只好忍氣吞聲，日復一日，年復一年。

不過有點值得欣慰的是：歷史的經驗證明，無論怎樣大的面子，也都大不過屁股。所以很多時候，屁股比面子更被人看得起，更讓人買帳。唯一技術上要過關，要畫得好「眉毛」，才拿得出手。民間有句歇後語，叫做「屁股上畫眉毛好大的面子」。其意並不在混淆屁股與面子的區別，好像只短了兩條眉毛，而是說需要起來，二者不妨互相借用。臉不管用的時候，可以拿屁股當臉；屁股不夠用的時候，又儘管拿臉當屁股。反正手心手背都是肉，屁股面子都長了皮。在這方面你們和臉可以並駕齊驅

屁股立志宣言

了。

　　有一點我要提起的就是，你們要感謝一下梁家輝。梁家輝的屁股有過光輝的業績，在中法合拍片《情人》裡，他的屁股經常在觀眾的眼前晃來晃去，尤其在電影院的寬銀幕上更是碩大無朋，被法國女人譽為「全世界最優美的屁股」，為屁股們掙足了面子。李安導演的精彩作品「色戒」中，影帝梁朝偉的屁股又再一次證明了，優美的屁股是一部好電影不可或缺的要素。

　　總之，你們不能再沈默下去了，不在沈默中爆發，就會在沈默中死亡。你們不妨多拍拍廣告，寫寫書，立個傳什麼的，還可以在政界、商界、娛樂界找出三個美臀代表，樹立榜樣。你們一定要立志遠大，做一個社會的強者！

　　最後我還要說一句，最重要的一句：屁股們，關於痔瘡，你們有權保持沈默！

決戰廁所之一：男女不分

我是一個大學教授，男性，生性善良、懦弱，平時在學校裡的口碑還不錯。今天，利用這個機會向大家透露一個親身經歷的事，希望大家能從中吸取教訓，引以為鑑。

某一天，我走在大街上，忽然內急，急尋廁所。很快就發現了一個公廁，沒多注意就趕快推門而入。

猛然，耳邊轟隆響起一聲：「抓色狼！」我抬頭一看，剉賽！進錯廁所了！我頓時腦子裡一片空白，趕快就退了出來。但為時已晚，大批人群已經圍了過來。

廁所裡同時也衝出來幾個婆婆媽媽，從衣著打扮看，有家庭主婦，有上班族，還有一個似乎是鄉下來的。

沒等我回過神來，一位女士發話了：「你這個

色狼，大白天的就敢往女廁所裡鑽，居心何在？」

我吶吶地說：「我沒注意，那廁所的標示不太清楚。」還沒等我說完，耳邊又有人開砲了。

這人說：「什麼叫沒注意？那牆的左上角的旁邊的燈泡底下不是寫著女廁所嗎？」

那人說：「我看見他進廁所前就神情古怪，一看就有問題。」

我一看，那個燈泡正好把那個女字擋住了，我的火也上來了，一時口不擇言：「那個燈泡擋住字了，我沒看清。再說，我要當色狼也不會在大庭廣眾之下，起碼也得找個偏僻的廁所。還有，我是個大學教授，有身份有地位的人，不會做這麼沒有修養的事吧？」

我這話說壞了，一看就激怒了大多數圍觀的群眾。

「沒看清楚就敢往裡面闖，一看就是狡辯。」

「那難說，有些色狼就是敢公然猥褻，考驗我們的警覺性。」

「大學教授就了不起了，林子大了，什麼鳥都有。」

「我知道的大學教授沒一個是好東西。」

「什麼大學教授，是衣冠禽獸吧！」

「你怎麼證明你是無意的？連三歲小孩都知道男女有別，你怎麼會搞錯呢？你一定是故意的！」

我氣得說不出話來了。突然，一個圍觀者大叫：「我想起來了，一年前這個廁所也發生過性侵案，好像也是在白天。」

「是呀，是呀！」此人立即得到許多人的附和，「現在還沒抓到呢！」

「我想起來了，那段時間大家都心驚膽跳的呢！」有人恍然大悟，「說不定前幾天的性侵案就是他幹的！」

我一下心虛了，暗想別把我弄成性侵犯啊！

有人說：「那倒不是，那人是個大個子年輕人，這個已是老頭子了。」

我真想高呼萬歲，終於有人幫我說句話了。

「那他可能是漏網的同夥！」馬上有人繼續聯想。

「各位聽我說一句，」一位紳士摸樣的人大聲喊道，周圍靜了下來，「我覺得大家聯想太豐富了，他不過是走錯了廁所門而已，道個歉就行了。也別太難為人家了。」

「什麼叫難為他，我家兒子才七歲，他都知道上廁所要進男廁所，這位教授這麼多年都學什麼去了？」

「有些錯誤是犯不得的，像進錯廁所。」

「這是蔑視婦女的行為，應該對婦女道歉！」

「你這人什麼立場，是他的同夥吧？」

「也許是拿了他的錢，為他把風的。」

「噢，怪不得替他說話呢！」那紳士一看形勢不妙，撤了。

「嗚嗚嗚～～」那位廁所裡出來的鄉下婦女往地上一坐，哭出來了：「我還是個黃花大閨女，這下我可怎麼做人呀！」

另一位家庭主婦眼含熱淚：「大姐，別怕，我和你心裡一樣受到了創傷。」

我羞愧得低下了頭。

「我認識這個人！」一個聲音響起來。我抬頭一看，我的一個學生！終於有熟人了。我像抓住了一根救命稻草一樣，抓住他。「對，我教過你課。」

忽然，我發現他的臉上露出了詭異的笑容，我想起來，上學期，我當掉了他一門課——天哪！莫非……我的手不由自主地鬆開了。

「這個人是我們學校的教授，真沒想到，他竟然是這樣一個人。真無恥！我宣佈，我今後絕不再上他的課，也號召所有同學抵制他的課。」

「好！」圍觀者稱讚著，「真是個優秀青年。」

「連他的學生都那麼說，此人肯定不是好東西。」

「說不定此人是個性變態，陰陽人。」

「哈哈，」許多人笑了起來。

一個專家發話了：「據我分析，根據佛洛依德的理論，此人潛意識中一直想進女廁所，此次事件正是他所盼望的。」

「有道理，有道理。」許多人附和著。這時，那個廁所裡出來的鄉下女人走過來，「啪啪」，給了我兩個耳光，我這是代表那個在此地被性侵害的婦女修理你，也是代表剛才廁所裡所有的女人打你，更是代表全國被你傷害感情的婦女打你。」

「打他！」更多人吼叫著。

我實在是嚇壞了。捂著頭，不知該怎麼辦才好。

那個一直靜觀的上班女郎發話了，「別再打他了！淑女動口不動手，但他必須為他的行為認罪。」

「對！認罪！」幾乎所有人都異口同聲地說。

「不認罪就不放過他！」我感激地看了大家一眼，畢竟認罪總比受皮肉之苦好得多。

「我認罪，我認罪。我萬分對不起大家，我因為平時道德修養不夠，所以才會犯下走錯廁所的錯誤，我今後一定多加注意，絕不再犯此類錯誤。請大家看我行動來證明吧！」

「不夠誠懇！」眾人又叫了起來。

「我重新說，重新說。我罪大惡極，我平時只注意研究書本，忽視了道德修養的提高，連三歲小孩都不應該犯的錯誤我都犯，真是太不應該了，我要努力學習，請大家看我的實際行動吧！」

「這還差不多！」

「這次是給你一點小教訓，下次要多注意！」大夥開始散去了。

一聲清脆的車鈴響。一個小伙子騎著腳踏車停了下來。「喂！怎麼散場了，我剛剛在附近找了一大批人來，馬上就到。」我一聽，撒腿就跑，雖然已年逾五十，可是馬路上正在行駛的汽車都被我超過了。我相信，如果拿碼錶來測的話，絕對打破一百公尺短跑的世界記錄。

18

決戰廁所之二：沒帶衛生紙

　　那天約了個女網友見面，地點某公園，正值早晨人煙稀少。

　　時間快到時，忽然發現肚子痛。一定是早餐的東西不新鮮，繼續忍著等。

　　痛。很痛。相當痛。急忙先衝去廁所解放。

　　經過一番狂轟濫炸之後，頓時爽快不少，摸口袋時僵住！沒帶衛生紙。算了，等一下有人進來時開口要一張就是。

　　過了二十分鐘了，都沒人進來。

　　正值深秋，廁所通風條件良好，剛進來時還暗自在心裡誇讚了一番，現在卻深深感到風吹屁股涼的痛苦。

　　忍了！等了網友若干時間，站得疲憊不堪，剛蹲下時著實愜意了一把，現在卻深深地感到雙腿麻冷脹痛的痛苦。忍了！鼻炎今天才剛痊癒，剛進廁

所時聞到臭味還為自己鼻子恢復了嗅覺而高興了一會，現在卻深深地感到肺臟嚴重中毒的痛苦。忍了！此公園平日遊人就稀少，剛來時頗得意自己把約會之處定於此，現在我這顆心卻涼了半截。

忍無可忍，撥出手機，呼叫救兵，接通。這麼一件尷尬的事，總不能很露骨地直接對朋友講吧？於是我們先從天氣聊起，到伊拉克戰局到海馬的繁殖過程到外星球的生命體。說到秦始皇長得什麼樣時，我終於覺得機會到了，於是輕啟朱唇羞澀不已地說道：「那個，我……」手機傳來熟悉的提示音，沒電自動關機了。我這下傻眼了。

等！

我等。

沒人。

我忽然有種想哭的感覺。

幸好這時候廁所外傳來腳步聲，我精神大振，所謂天無絕人之路，人有悲歡離合，船到橋頭自然直！我確信我的思維一下子敏捷了起來。在那個人剛剛進來時，我便暗運內勁以低沉有力的男中音叫道：「先生，借一下衛生紙，我忘記帶了。」

那個人像觸電似地叫了起來：「怎麼是男廁

所？」接下來就邊念邊離開：「對不起、對不起，走錯了、走錯了。」

原來是個女的，走錯廁所了！一個男人在最脆弱的情況下，居然被一個女人看見了！悲憤交加。

然而十秒鐘後，我才知道我錯了。我實不該悲憤的。十秒後，那個女人又在外面叫了起來：「我沒走錯啊！怎麼女廁所裡有男人在裡面？」

紅，一層一層在我臉上添著色，淚水充盈著我的眼眶。如此悲壯的場面，你想也能想出來。此時內心裡尚存的理智告訴我：機會，稍縱即逝，如果你不抓住，肉體上巨大的痛苦還將繼續。

我沙啞著嗓子道：「小姐，扔張紙進來，謝謝！」當心靈上的巨大的痛苦過去後，你會發現，無恥到底也是一種解脫。

一會兒後，剛買的一份報紙輕輕地被扔了進來。我緊緊地握住這份報紙，緊緊地緊緊地握住。然後使勁用手搓著它，心裡以無比惡毒的語言痛罵著這份報紙的編輯部！這家報紙平時都是普通紙質，今天是它的發行二十周年紀念，全部報紙皆為十六開銅版印刷硬質紙！

提起褲子時又溫柔地安慰自己：幸好今天人

決戰廁所之二：沒帶衛生紙

少，丟人也不過只有一個女的知道，而且是不認識的！不幸中的大幸。

出了廁所，忽然發現外面已經聚集了一大群晨間舞蹈的婆婆媽媽，人群前面一位女孩正在努力地解釋：「各位阿姨，等一下再進去，裡面一位先生走錯了，而且沒帶衛生紙，等一下再進去，他馬上就好。」

恰好，我氣定神閒地走出來了。當所有的目光都聚集在我身上時，我忽然有一種萬箭穿心的感覺。我哽咽著對這位女孩說：「謝謝你，謝謝，謝謝。」這位女孩大方地揮一揮手：「沒事，小事一件。」

臨走時，女孩突然叫住了我：「你該不會就是小明吧？你的穿著怎麼和約我的那個網友描述的一樣啊！」此時，我已不知是要哭還是要笑。

19

腦筋急轉彎

Q 什麼時候，一個女人有兩個嘴巴？

A 當她懷孕，肚子裡有一個孩子時。

. . . .

Q 有兩個人掉到陷阱裡了，死的人叫死人，活人叫什麼？

A 叫「救命！」

. . . .

Q 人為什麼要走去床上睡覺呢？

A 因為床不會自己走過來。

. . . .

Q 有一隻鯊魚吃下了一顆綠豆，結果它變成什麼？

A 綠豆沙（綠豆鯊）

. . . .

Q 四個人在打麻將，警察來了，卻帶走了五個人，為什麼？

A 因為他們打的人叫「麻將」。

. . . .

Q 兔媽媽生了兩隻兔子，大的叫大白，小的叫小白，當她生小白的時候，說了一句話。猜一個成語。

A 真相（像）大白

. . . .

Q 一頭鹿在森林裡遇到一個神仙，神仙給了它一塊肥皂，於是它就不停地洗澡，最後變成了什麼？

A 沐浴露（鹿）

. . . .

Q 有條狗過了獨木橋後突然不叫了。猜一個成語。

A 過目（木）不忘（汪）

. . . .

Q 狼、老虎和獅子玩遊戲，誰一定會被淘汰？

A 狼。因為：桃太郎（淘汰狼）。

. . . .

Q 為什麼蠶寶寶很有錢？

A 因為蠶會結繭（節儉）。

20
搞笑簡訊

◇跟你當這麼久的朋友，你一直都很關心我，我卻時常給你添麻煩，真不知該怎麼報答你……所以……下輩子作牛作馬……我一定會……拔草給你吃的……

◇沒事！沒事！沒事！沒事！沒事！沒事！沒事！沒事！沒事！沒事！沒事！沒事！沒事！沒事！就跟你說沒事了，你還按個屁啊！？

◇很想你，可是又不好意思打給你，怕你正在忙，怕你不理我，怕你覺得我騷擾，真的好想跟你聯絡，但是……電話費實在很貴，你打給我吧！

◇如果你是流星我就追定你，如果你是衛星我就等待你，如果你是恆星我就會戀上你，可惜……你是猩猩，我只能在動物園看到你。唉……可惜呀！

◇對不起唷，那麼晚了還傳簡訊給你，如果有吵到你的話，在此跟你說聲——活該！誰叫你要比我早睡呀？

◇遇到你，是我感動的開始；愛上你，是我幸福的選擇；擁有你，是我最珍貴的財富；踏入紅毯，是我永恒的動力；永遠愛的人，是你。是你吧？但願我沒有傳錯人。

◇因為你，我相信命運；因為你，我相信前世今生。也許這一切都是上天注定，冥冥之中牽引著我倆，現在的我，好想說……我上輩子是造了什麼孽呀！

◇由明天開始，市政府決定清除所有長相醜陋，有損市容的變態阿飄，你快快收拾東西，出去避避風頭，別跟人說是我通知你的，切記！不用感謝了。

◇上帝看見你口渴，創造了水；上帝看見你餓，創造了米；上帝看見你沒有可愛的朋友，創造了我；然而他也看見這世界上沒有白癡，順便也創造了你。

◇如果政府規定一個人一生只能對一個人好，我情願那個人就是你。我無怨無悔，至死不渝，但偏偏政府沒規定——那就算了！

◇ 想念你是一件快樂的事！見到你是一件開心的事！愛著你是我永遠要做的事！把你放在心上是我一直在做的事。不過，欺騙你，則是剛剛發生的事，哈哈。

◇ 根據統計，超過百分之九十九點九長得像豬頭的人都用大拇指來按鈕看簡訊。嘿嘿，不用換手了啦，已經來不及了。豬頭，哈……哈哈。

◇ 我把你的名字寫在天空裡，可是被風吹走了；我把你的名字寫在沙灘上，可是被海沖走了；我把你的名字寫在每一個角落，我被警察抓走了，到中山分局來保我出去吧！

◇ 如果長得好看是一種錯──我已經鑄成大錯；如果可愛是一種罪──我已經犯了滔天大罪；做人真難──你可好啦，沒錯又沒罪真羨慕你。

◇ 當白雲飄過，那是我想你的痕跡；當陽光閃耀，那是我想你的感覺；當雨水落下，那是我想你的證據；當雷電交加，那是我向天祈求你被劈中……哈哈！

◇ 如果說燒一年的香可以與你相遇，燒三年的香可以與你相識，燒十年的香可以與你相惜……為了我下輩子的幸福，我願意──改信基督教。

搞笑簡訊

21

婚姻是愛情的墳墓

如果婚姻是愛情的墳墓，那每件和愛情有關係的事情，都會變得不一樣了……

◇ 渴望愛情……不知死活

◇ 物色對象……活得不耐煩了

◇ 相親……為自己的墓地看風水

◇ 愛慕……大限之期不遠矣

◇ 表白……自掘墳墓

◇ 訂婚……一隻腳已經踏進了棺材

◇ 談戀愛……根本就是在玩命！

◇ 寫情書……為自己的墓地分期付款

◇ 冷戰……苟延殘喘

◇ 分手……千鈞一髮

◇ 破鏡重圓……該來的還是要來

◇求婚……教唆自殺

◇求婚被拒……死裡逃生

◇儲蓄結婚基金……投保壽險

◇結婚……雙雙殉情

◇第三者……盜墓

◇移情別戀……遷墓

◇離婚……置之死地而後生

◇訂婚宴客……追悼會

◇結婚宴客……超渡法會

◇參加婚禮的親朋好友……奔喪大隊

◇包紅包……慰問金

◇公證結婚……由法院出具死亡證明

◇集體結婚……集體自殺

◇假結婚……裝死

◇結婚熱潮……爭先恐後搶著去死

◇婚紗攝影……遺照

◇理想的結婚對象……人間淨土

婚姻是愛情的墳墓

◇結婚多次的人……示範公墓

◇婚友社……葬儀社

◇婚姻專家……公墓管理員

◇結婚紀念日……清明掃墓節

◇一般狀況結婚……壽終正寢

◇閃電結婚……猝死

◇先上車後補票……奉子之命結婚

◇爽死……怎麼死的都不知道

◇對婚姻猶豫不決……生死一瞬間

◇異國之戀……客死他鄉

◇女人總是引誘男人走向愛情的墳墓……最毒婦人心

◇男人總是帶著女人奔向愛情的墳墓……無毒不丈夫

22

搞笑十二星座

◆ 白羊座：勇敢直率、敢做敢為

媽媽經常叮囑羊羊：「穿裙子時不可以盪秋韆，不然，會被小男生看到裡面的小內褲哦！」

有一天，羊羊高興地對媽媽說：「今天我和小明比賽盪秋韆，我贏了！」

媽媽生氣地說：「不是告訴過你嗎？穿裙子時不要盪秋韆！」

羊羊驕傲地說：「可是我好聰明哦！我把裡面的小內褲脫掉了，這樣他就看不到我的小內褲了！」

◆ 金牛座：持家、想出軌又顧全自己

賣瓜小販：「快來吃西瓜，不甜不要錢！」

饑渴的牛牛：「哇！太好了，老闆，來個不甜的！」

◆ 雙子座：自我意識強烈、反應敏捷

媽媽叫雙雙起床：「快點起來！公雞都叫好幾遍了！」

雙雙說：「公雞叫和我有什麼關係？我又不是母雞！」

◆ 巨蟹座：戀母情結、依賴性重

公車上，蟹蟹說：「今晚我要和媽媽睡！」

媽媽問道：「你將來娶了老婆也和媽媽睡嗎？」

蟹蟹不假思索：「嗯！」

媽媽又問：「那你老婆怎麼辦？」

蟹蟹想了半天，說：「好辦，讓她跟爸爸睡！」

媽媽：「＄％＠＆＃＃」

再看爸爸，已經熱淚盈眶啦！

◆ 獅子座：以自我感受為中心，無視旁人眼光

獅獅去參加奶奶的壽宴。

到了吃壽桃的時候，獅獅問：「我們為什麼要吃這種像屁股的壽桃？」眾人聽了臉色大變。

接著獅獅撥開壽桃，看看裡面的豆沙，說：「奶奶，快看！裡面還有大便！」眾人暈的暈，吐的吐。

◆ 處女座：好奇心強又追求完美

處處對肚臍很好奇，就問爸爸。爸爸把臍帶連著胎兒與母體的道理簡單地講了一下，說：「嬰兒離開母體之後，醫生把臍帶剪斷，並打了一個結，後來就成了肚臍。」

處處：「那醫生為什麼不打個蝴蝶結？」

◆ 天秤座：聰明，善於權衡利弊

父親對天天說：「今天不要上學了，昨晚你媽給你生了兩個弟弟。你跟老師說一下就可以了。」

天天卻回答：「爸爸，我只說生了一個；另一個，我想留著下星期不想上時再說！」

◆ 天蠍座：報復心強，不按常理出牌

蠍蠍剛睡著，就被蚊子叮了一口。

他起來趕蚊子，卻怎麼也趕不出去。無計可施，便指著蚊子說：「好吧，你不出去我出去！」邊說邊走出了房間，把門使勁關緊得意地說：「哼！我今晚就不進去，非把你餓死不可！」

◆ 射手座：喜歡思考，百無禁忌

射射：「爸爸，為什麼你有那麼多白頭髮？」

爸爸：「因為你不乖，所以爸爸有好多白頭髮啊！」

射射：「……」（疑惑中）

射射：「那為什麼爺爺全部都是白頭髮？」

爸爸：「！＠＃＄％」

◆ 摩羯座：明白現實，懶得改變

一天，羯羯跟媽媽上街，走在路上，突然下起雨來。

媽媽拉過羯羯的小手，說：「下雨了，快往前跑啊！」

羯羯慢條斯理地問：「難道，前面就不下雨了嗎？」

◆ 水瓶座：天生另類、腦筋思路總和常人不同

瓶瓶問媽媽：「為什麼要稱蔣經國為『先總統』？」

媽媽說：「因為『先人』是對死去的人的稱呼。」

瓶瓶說：「那去世的奶奶是不是要叫『鮮奶』？」

◆ 雙魚座：富含豐富同情心、不分情況對象

爸爸告訴魚魚他小時候經常挨餓的事。聽完後，魚魚兩眼含淚，十分同情地問：「哦，爸爸，你是因為沒飯吃才來我們家的嗎？」

23

一條內褲之死

　　你好，我是一條內褲。

　　在你看到我的這些話的時候，我已經死了。或者說，我已經不再是一條完整的內褲。

　　在幾分鐘以前，我的身體被撕成幾片，成為了一塊標準的抹布。現在我靜靜的躺在某個人家的院子裡，垂放在一條木頭長凳的一頭，渾身污垢的回憶我的前半生。

　　從我有意識開始，我是住在這個城市的一家婦女用品商店的某個內衣架上的。也就是說，我從一開始就是一條標準的女用內褲。需要說明的是，我非常的漂亮，依照住我樓上胸罩大姐說，沒有我的來搭配，她根本不敢一個人站在那裡供人欣賞。

　　要知道，作為女性用品的一份子，我也深知其

他女性用品的小女人心態。她們就像那些來試穿我們的陰毒女士們一樣，互相恭維著對方的身材，其實暗自在心裡嘲笑著對方的小肚腩或者蘿蔔腿，所以原本聽到胸罩大姐說的這番虛情假意恭維話我也沒往心裡去。

說實話，我比較討厭婦女用品商店的環境。每天不是要應付胸罩大姐的虛情假意，就是要裝做沒看到別的內褲姐妹們對我的指指點點。偶爾，還會有什麼束腰嬸嬸或者絲襪阿姨過來告訴我其實我是一條淫蕩的內褲，因為我有著深沈的黑色絲綢皮膚，而且我嬌小的身軀，高高的開衩和柔弱的蕾絲都把我深深的出賣了。

而且阿姨嬸嬸們告訴我，一條安分守己的內褲應該是白白胖胖的。於是我開始覺得我生來不應該是一條內褲，原本作為一塊布料的我總該有點更高的價值，比如做做太空裝的襯裡飛上天什麼的。

飛上天？我突然為自己這個突如其來的想法感動得幾乎哭了出來。我想，我來生一定不能再做一條渾渾噩噩的內褲，我要做一個風箏，遨翔在天空，我要變做一隻小鳥，只為孩子們歌唱……我的命運後來產生了理所當然的改變，我和所有內褲一樣被

一個小姐裝在包裝精美的塑膠袋裡帶回了家，放在一個抽屜裡。

在那裡，我遇到了一部分以前的姐妹，她們先我一步來到這個地方。於是我不無悲哀的得出一條真理，無論你是胸罩還是內褲，你最後都不得不來到某個女人的抽屜裡，承受女人的體味以及不可避免的沾上身的男人的口水或者部分體液，在經過一段日子的被利用以後殊途同歸地躺入垃圾桶，等待下一輪的投胎。

一切的一切，都發生在那個陽光明媚的下午。我像往常一樣經過洗衣機無情的蹂躪以後被掛在衣架晾在陽臺上。我的身體已經不像在婦女用品商店裡時那樣光滑，我被揉得有點發皺的黑色肌膚在陽光照射下已經有點褪色。我就這樣面無表情的看著樓下人家院子裡的花花草草，任憑風吹著我，像一個停經多年的婦女一樣在那裡回憶著自己的青春年華。連平日裡和我一起曬太陽說八卦的絲襪和胸罩們，我都懶得搭理。

我知道我的生命已經快到了盡頭，不久我就要如同別的平凡內衣一樣被拋進垃圾桶了。但是我多年前想飛的夢想卻還沒有實現。天那！這就是我的

一條內褲之死

生活嗎？我不甘心，絕對不甘心！

　　我終於決定要飛一次。在又一次比較強勁的氣流吹過來的時候我使勁從衣架上晃悠了出去，我甚至聽到身後的一條絲襪的短促的驚呼聲。但是我已經管不了這麼多了，我終於飛起來了！飛揚的感覺真是奇妙，雖然我起飛的地方只有三層樓高，但是我還是幸運的碰到了一點點的上升氣流。我在空中打了幾個漂亮的盤旋後，終於落在一樓人家的院子裡。

　　當我還沒有從那種騰雲駕霧的感覺裡徹底回過神來的時候，我的身體已經被一雙塗著紅色指甲油的胖手乾淨俐落的撕成了幾片。我聽見一個已過更年期婦女的聲音嘟噥著：「哪來的破布，正好給我擦玻璃用！」

　　身為內褲的我已經死了，但是變成抹布的我繼續活下來了，一切都是過眼雲煙。

24

聽媽媽的話

　　母子之間總有說不完的話，母親對孩子的叮嚀總是充滿了愛，各位不妨藉著這篇媽媽給孩子的叮嚀感受一下慈母之愛：

　　我親愛的孩子：你不要驚慌，媽媽只不過是去洗個澡而已，你不要用面對外星空降兵的眼光看著我，我只不過是用點肥皂泡泡和很多水。放心吧，我會游泳。即便不會，我也沒有本事用幾公分深的溫水把自己淹死。如果我沒有按時走出浴室，你也不要大驚小怪。我聽說人是不會在水裡被溶化掉的，如果你不相信，我願意親自來做這個實驗。

　　當我在浴缸裡的時候，我希望你要牢記下面這幾件事：

　　隔在你和我之間的這塊大木板叫做門。你不要只為了想聽到我的聲音就使勁用力敲門。我向你保

證，我一定就在門的那一邊——雖然你看不見我，但我絕對不會挖一條地下通道跑掉。

過一會兒你會有很多很多的時間告訴我今天發生的事情。「過一會兒」的意思是等我擦乾身上的水，穿上衣服，腦袋上不再頂著泡沫。當然我也相信你想對我說的一定是非常非常重要的事情（我親愛的寶貝，我可不可以希望這件事是你發明了一種新的吹泡泡的方式，而不是你又在可憐的ＤＶＤ播放機上找到了可以用泡泡糖堵住的出口。）

電話鈴響的時候不要大喊大叫。孩子，請相信我，只是尖叫「電話響了！」是不可能讓鈴聲停止的。請你學著接電話，並且留下打來電話的人的號碼。留號碼的時候請使用紙和鉛筆，而不是你的小表弟和我的眉筆。

水會把我弄濕，但不會影響我的聽力。我能聽出手指彈鋼琴和用皮球砸鋼琴的區別。我也能聽得出你聲嘶力竭地喊的那些話，是真的有事發生還是只是一個把戲。

不要在爸爸上班的時候給他打電話，告訴他媽媽昏倒在浴室裡了。

我雖然洗了澡，但並不會因此變得健忘。我記

得你是誰，也不會忘記你應該遵守哪些規矩。還有你不可以到二毛家玩，你也不可以到二毛家去用他家的洗手間。如果我們家的洗手間有人了，你就在旁邊等著，想一些跟水無關的事情。

除非你長出了尾巴並且用四條腿走路，否則你絕對不可以去「澆」園子裡的樹——只有小狗才會這麼做。而且，如果這麼做的是小狗，鄰居們是不會打電話向我告狀的。

只要房子沒著火，你就必須在房間裡待著並且把大門鎖好。不要跑到外面去，不要以為朝浴室的窗戶扔石頭就能把我引出來。我知道你在電影裡看過這樣的事情，但在媽媽這裡不可能。發生緊急情況的時候叫我。

緊急情況包括：爸爸從陽台上掉下去了。你的表弟在流血。消防車停在我們家樓下。

緊急情況不包括：樹葉從陽台上掉下來。電視裡有人在流血。有紅色的大卡車停在我們家樓下。

另外，不許把黏土丟在地上踩著玩。做個乖孩子，玩得開心點。（當然，你可以既做乖孩子又玩得很開心。）你可以畫畫，完遊戲或者把茶几上的水電費付了。我很快就出來。也許。

聽媽媽的話

25

最嗆的另類夫妻

◆ 打老婆的丈夫

要過復活節了。一對新婚夫婦不懂得繁瑣的節日禮儀，於是丈夫叫妻子去偷看鄰居鐵匠家是怎麼過的。

妻子走近窗口，看到鐵匠正在用煤鏟打老婆。妻子回家後，丈夫問她看見了什麼，她始終不肯說。最後，丈夫氣急了，拿起煤鏟打她。

她哭著說：「既然你都知道，還派我去幹什麼？」

◆ 跟蹤

妻子懷疑老公有外遇。請私家偵探跟蹤他。偵探提供報告：「今天下午，你先生到過一家美容

院、一家時裝店、一家茶店。」

「他一定有不軌行為。」

「不，夫人。他在跟蹤你。」

◆ 根本不靈

「新婚的激情已經消退了。」甲對乙訴苦。

「那幹嘛不來點刺激的，比如婚外情什麼的？」乙對甲建議。

「如果我妻子知道了怎麼辦？」

「這都什麼年代了，直接告訴她不就得了。」

於是，甲一回到家就對妻子說：「親愛的，我想，如果發生一次婚外情會使我們更愛對方的。」

妻子說：「快放棄這個愚蠢的念頭吧，我已經試過了根本就不靈！」

◆ 懼內將軍

有個將軍在沙場上戰功彪炳，但私下卻很怕老婆，他的部下很為他不平。

最嗆的另類夫妻

有一天，他的部下把軍隊全副武裝起來，戰鼓擂得震天響，由將軍壓陣，向將軍府前進，打算藉此壯壯將軍的膽量，挫挫夫人的氣焰。

　　夫人正在房中歇息，忽然丫環進來報告：「老爺今天帶著軍隊回來了，不知道出了什麼事。」

　　夫人聽了此話傳走到房外，果然見丈夫騎著馬迎面而來，立刻喝問：「你要做什麼？」

　　將軍慌忙滾下馬鞍，拱著手，畢恭畢敬地說：「請夫人閱兵，請夫人閱兵。」

◆ 夫妻吵架

　　一天深夜，有一對夫妻在吵架。

　　丈夫：「好了，別再鬧了，三更半夜會吵醒鄰居。」

　　妻子強辯：「一夜五更，半夜明明是兩更半，為何說三更？」

　　吵了一會兒，丈夫認為妻子無理取鬧，於是打了妻子一耳光！

　　妻子大喊：「救命啊，三更半夜打死人了！」

　　丈夫：「早說三更半夜，何必挨打？」

◆ 這件衣服很合身

一家女裝店裡，一位年輕的先生坐著等待他太太試穿衣服。

十五分鐘過去了，他太太總共試穿了五套衣服，當他太太再度由更衣室出來時，他上下打量了太太一番後，說道：「很好，很好，這件衣服很合身，就買這件吧！」

「親愛的，我們今天出門時，我穿的就是這件。」

◆ 專橫的妻子

一個婦女變得十分霸道，她的丈夫不得不督促她去找心理醫生看看病。夫人同意了，於是兩個人一起來找醫生。

丈夫等在外面，過了個把鐘頭，夫人總算出來了。

丈夫問道：「現在好點了吧？」

夫人說：「沒有大變化，花了我五十分鐘才使他相信，如果他那張病床擱在靠牆的一邊，看起來一定會舒服得多……」

最嗆的另類夫妻

◆ 醜新娘的婚禮

婚禮剛剛結束，新郎邊從口袋裡掏錢邊問牧師：「我需要付多少錢？」

牧師回答說：「在這類服務中，我們一般不收費。但是你可以按照你妻子的漂亮程度付錢。」

新郎遞給牧師一張一美元的鈔票。

牧師掀起新娘的面紗看了看，然後把手伸進自己的口袋裡說：「我應該再找五毛錢給你。」

◆ 無盡的煩惱

小伙子唐尼在街上碰到幾個以前為他主持婚禮儀式的牧師，唐尼問牧師：「在舉行婚禮的時候，您不是代表上帝宣佈，我和我的妻子的一切煩惱都到頭了嗎？可是我現在正煩惱得很哪！」

牧師不慌不忙地回答說：「對！我是這樣說過。但煩惱有開始的一頭，也有消失的一頭；當時我可沒說是到了哪一頭。」

哈比有些醉了，開始和彈鋼琴的那位性感女郎調情。這時，他的妻子走了過來，對他說：「回家後別忘了提醒我，為你瘀腫的眼睛準備些藥膏。」

「可是我的眼睛並沒有瘀腫啊？」哈比不解地問。

「我們這不是還沒到家嗎？」妻子冷笑著說。

一個女人向法庭請求離婚。

「噢，大人，」她哭訴道：「他用所有的碗碟擲我，他用許多方法虐待我！」

「那麼，事後他對這種行為有沒有表示過任何歉意或懊悔嗎？」法官問道。

「不，大人。在他能夠說話之前，救護車已經把他送進醫院去了。」

◆ 請教

午夜遲歸的約翰，剛巧遇到小偷從他家中出來，他很輕易地抓住那小偷，並從他身上搜出很多自己太太穿戴用的金戒指、鑽石之類的飾物。

約翰：「朋友，假如你能夠回答我一個問題，我就不把你送去警察局。」

小偷：「什麼問題？」

約翰：「你能不能告訴我，你是如何潛入臥室，而不驚醒我太太的？」

◆ 買件新衣服

一天，妻子買了彩券後，她對丈夫說：「親愛的，如果彩券中獎了，我就給自己買一件新衣服。」

「親愛的，如果你沒中呢？」丈夫問道。

「這還用說，那就換你買一件新衣服給我吧！」

◆ 離婚的原因

「你為什麼要求離婚？」法官問道。

「因為我的丈夫又浪漫又多情。」原告

「許多婦女都渴望能有這樣一位丈夫。」一位婦女說。

這位婦女反譏道：「的確是這樣。這就是我為什麼要離婚的原因。」

◆ 實惠的禮物

在太太的生日宴會上，丈夫當眾把一顆金光閃爍的寶石贈給了他的夫人。

一位朋友對他說：「瞧您夫人多高興啊！如果你送她一輛賓士汽車，不是更實惠嗎？」

這位丈夫攤開手悄聲地對朋友說：「我也曾這麼想過，可惜這種轎車目前還沒有假的！」

◆ 不失時機

新婚不久的妻子向晚歸的丈夫嘮嘮叨叨。

丈夫解釋說：「我是因為違反交通規則，才這麼晚回來。明天我還得趕到警察局繳五百塊錢的罰款，否則要被拘留一周。」

妻子立即欣然地說道：「這倒是大好時機，我們的廚師剛剛辭職，你到那兒待上一周，我正好利用這段時間找一個新廚師。」

◆ 怨氣難消

法官望著被告說：「我是不是曾經見過你，好像有些眼熟。」

被告滿懷希望地說：「是的！法官，您忘啦？二十年前，是我介紹尊夫人跟您認識的。」

法官咬牙切齒地說：「判你二十年有期徒刑。」

◆ 年輕四十歲

一對夫婦退休多年，但仍然習慣把附有鬧鐘的收音機調到早上七點就響，以便他們及時醒來聽新聞。

有天早上新聞廣播完了之後，他們最喜歡聽的一首浪漫小夜曲接著播出。丈夫伸開雙臂摟住妻子，在她耳邊輕聲說：「親愛的，我要是能年輕四十歲，你知道我現在會做什麼嗎？」

「知道，我當然知道你會做什麼。」她一面回答，一面將身子依偎得更緊些。

他歎息道：「告訴我，親愛的，你說我會做什麼？」

她悄悄地說：「如果你年輕四十歲，你會起床去上班。」

◆ 最怕老婆的人

唐朝的王鐸，是位最怕老婆的人。其時黃巢起兵，大軍進逼京城，皇帝升他為都統，以抗賊兵。

因為戰亂之故，軍官們的眷屬都留在後方，王鐸因遠離妻子，暫時過了幾天不受壓迫的輕鬆日子。

　　安寧的生活並不長久，聽說夫人離京赴往他的駐處來了。他大吃一驚，對身旁的部將說：「黃巢的賊兵漸漸竄到南方來了，我的夫人又來勢洶洶地從北方衝來，兩面受敵的滋味，真不好受！」

　　部將風趣地說：「倒不如向黃巢投降來得安全！」

◆ 喜歡喝啤酒

　　有一天晚上，丈夫聚餐回來，高興地對妻子說：「今天我們公司的經理請一部分員工吃飯，大家都開懷暢飲。

　　席間，經理拿出三瓶威士忌，對大家說：『在座的諸位，你們誰一生中從沒有背叛過自己的妻子，這三瓶酒就歸他所有』，結果沒有一個舉手，你說奇怪嗎？」

　　妻子聽後好奇地問：「那你怎麼不舉手？」

　　丈夫慌張地說：「你應該知道的，我向來喜歡喝啤酒，而不喜歡喝威士忌。」

◆ 悔悟

妻子半夜醒來，發現丈夫不在身邊。她到處尋找，後來聽見地下室有啜泣的聲音。

妻子發現丈夫一個人在地下室啜泣。

「你怎麼了？」

「你還記得二十年前，我使你懷孕後的情景嗎？」

「記得。」

「你父親威脅我，要嘛和你結婚，要嘛就進監獄？」

「是的。」

「如果我進監獄的話，今天午夜就該刑滿釋放了。」

◆ 教育

丈夫花了整頓飯的時間來糾正兒子進餐時的舉止，然後回頭對妻子說：「這種教育難道就這樣沒完沒了？」

「對男孩子的訓練應是沒完沒了，」她回答說：「直到他結婚，然後由他妻子繼續這項工作。噢，嘴裡含著飯的時候別說話。」

◆ 不蹈覆轍

某村住著一對年紀將近四十歲的夫婦。

有一天，妻子因發高燒而暈過去了，丈夫和村裡人都誤認為她已經死了。於是，丈夫按照村裡的習俗，用一張席子把妻子捲在裡邊，由眾人抬著向墓地走去。路上，席子被一棵大樹的枝丫掛住了，妻子突然甦醒過來。於是，眾人又把她抬回村子。

後來，妻子死了，村裡人忙著準備出殯。這時，她的老伴對大家說：「這次可別走那條路了！」

◆ 看錯對象

管家：「羅素先生，很遺憾，但我必須把話說清楚，我與您的夫人不和。」

羅素先生：「怎麼啦？是她要求您太多了

嗎？」

管家：「是的，先生。女主人忘記了我隨時都可以離開你們，因此她指揮我像指揮您一樣。」

◆ 家庭經濟

新郎：「親愛的，商量一下我們結婚後的生活吧！你是當家裡的總統，還是副總統？」

新娘：「親愛的，什麼總統、副總統的，我難以勝任，我就當一個小小的角色吧！」

新郎：「你當什麼角色？」

新娘：「我就總管你家的財政，當個家庭會計師好了。」

◆ 長久性

年輕的妻子對丈夫說：「要說我有什麼地方不喜歡你的話，那就是你沒有長久性。雖然你星期一喜歡花生，星期二喜歡花生，星期三喜歡花生，星期四喜歡花生，星期五喜歡花生，你星期六還是喜

歡花生；可是到了星期天，你卻突然聲稱，你不喜歡它了。」

◆ 應帶的東西

某老人讀完一本關於如何增強記憶力的書，便大肆吹噓他的記憶力提高了許多，還要老妻考考他。

妻子說：「明天咱們外出旅行，你把應帶的東西背一遍。」

老人仔細的抄了一份清單，認真地背起來。

第二天，兩人上路了。在汽車裡，妻子問他：「你能背下咱們要帶的東西嗎？」

老人一字一句地背得滾瓜爛熟，一件不少。

妻子很高興，問他東西放在哪兒了？ 老人一聽，瞠目結舌。他喪氣地說：「親愛的，東西都忘在家裡了！」

◆ 不和已久

　　丈夫向法院提出離婚要求，他說：「我們夫妻不和已經有兩年了。」

　　法官問：「你們結婚多久？」

　　「一年。」

◆ 今天才發現

　　一位婦人跑到警察局裡大驚失色地喊：「我丈夫失蹤了！十四天以前，十四天以前出去了！」

　　「十四天以前？那你為什麼直到今天才來報案呢？」

　　「今天是他領薪水的日子，所以我今天才發現，他上次出去以後還沒回來。」

◆ 雨天的憂慮

　　男同事：「想不到大雨來了，我的妻子又沒帶雨傘。」

最嗆的另類夫妻

女同事說：「別擔心，我想她應該會到就近的商店裡去躲一躲雨吧！」

男同事說：「這正是我所擔心的呀！」

◆ 更幸運的事

一架客機在阿拉斯加墜毀了，乘客和機組人員全體遇難，這是悲慘的事件。電視臺採訪了一位沒搭上該班機的旅客。

「您在那千鈞一髮之際，沒趕上飛機，真是萬幸啊！」

「感謝上帝。不過，幸運遠不只是這些。」

「還有什麼呢？」

「我的太太趕上了那架飛機。」

◆ 蜜月和假期

哈里遜剛度完兩周假回來上班，又向老闆要求請兩個禮拜的假去度蜜月。老闆暴跳如雷：「你剛剛放兩個星期的假，為什麼不在那個時候結婚？」

哈里遜說：「那怎麼可以？那樣會把我的整個假期都糟蹋掉的！」

◆ 失敗的婚姻

　　「我的婚姻，兩次都失敗了。」

　　「怎麼回事？」

　　「第一個妻子，我和她輕輕吵了一架，她馬上跟別人走了。」

　　「那麼第二個呢？」

　　「我倆老是吵架，可是不管吵得多凶，她就是堅持不肯走。」

◆ 十年如一日

　　甲：「我與丈夫結婚到現在，丈夫對待我，總是與十年前結婚那天一樣。」

　　乙：「不對吧，昨夜我還聽見你們爭吵呢！」

　　甲：「沒錯啊！我們從結婚那天就開始爭吵了。」

最嗆的另類夫妻

◆ 夫妻共同點

記者問一位婦女：「太太，請問您在與您的丈夫二十多年的共同生活中，你們有哪些共同點呢？」

這位婦女思索了一會兒，回答道：「記者先生，我與丈夫的唯一共同點，就是我們是在同年同月同日結婚的！」

◆ 疑神疑鬼

甲：「你的臉色很不好。」

乙：「是啊，晚上稍有一點動靜，我老婆就驚叫起來，總以為是小偷來了。」

甲：「小偷行竊是不會出聲的。」

乙：「我也是對她這麼說。可是，從此以後，晚上她聽不到聲音時，就把我叫醒。」

◆ 借題發揮

哈利夫婦在河邊釣魚，哈利太太在一旁嘮叨不休。不久，有一條魚上鉤了。

哈利太太：「這魚真夠可憐的！」

哈利先生：「是啊！只要牠閉嘴，也就沒事了！」

◆ 花費值得

一位丈夫送他的妻子坐火車回娘家。

妻子說：「你不必到月臺送我，那要花三塊錢買月臺票的。」

丈夫答：「沒關係，只付出這麼少的代價，就能送你走，真是太值得了。」

26

大便詞典

　　某日我正蹲在馬桶上為地球貢獻天然肥料，就在力氣用到極限時，眼前開始出現星星，然後就有許多詞語突然好像長了翅膀似的在我腦海飛翔，一部簡易的《大便詞典》浮在我心裡，於是許多詞語的詮釋有了新的答案：

　　疲倦：大便時不知不覺就睡著了。

　　值得：在旅遊景點的公廁大便時花了五毛錢。

　　節水：在樹林裡大便。

　　囉嗦：拉完了站起來，站起來又想拉。

　　餘威：你從廁所出來後，八小時內無人敢再進。

　　結巴：拉兔子屎。

　　爽快：一錘定音。

細心：沖水之前先用棍子敲碎。

怯場：比賽之前總想去大便。

分享：開著門大便。

狂喜：便祕持續四天之後，一瀉為快的感受。

賣力：青筋暴露，雙頰發紫，全身發抖。

鬧鬼：感覺拉出來了，衛生紙上分明還有痕跡，但馬桶裡卻什麼也看不見。

精明：從不佔用下班時間大便。

習慣：每天都很準時，時間一到就必須大便。

飄忽：拉不出來，但又總覺得有。

幸運：馬桶底部留下類似急剎車的痕跡。

不幸：褲子脫下來之前已經結束。

乾淨：不管怎麼擦，衛生紙上都不留痕跡。

賣弄：沖水之前一定要讓大家去參觀。

幽靈：馬桶裡有大便，但誰也沒去過廁所。

勇氣：鬧肚子的時候嘗試著放屁。

淘氣：一邊大便一邊畫海螺。

虛偽：好像是在大便，實際上連屁也沒放一個。

遠見：吃完瀉藥後立刻準備好整包衛生紙坐到馬桶上。

著急：一家三口全鬧肚子，但廁所只有一個。

頑固：老是浮在水面上，怎麼沖都沖不走。

浪漫：沒有音樂和咖啡就無法大便。

直率：從大便能看出昨天吃的是什麼。

排場：每次大便之前必先放三個響屁。

自卑：擦了整整一卷紙，但還是覺得沒擦乾淨。

27

女人百態篇

◆ 不是畫

一對年輕夫婦去看畫展。妻子有高度近視，她站在一幅大畫前仔細地看了老半天，然後大聲地喊了起來：「我的天哪！這位婦人為何如此難看？」

「親愛的，別大驚小怪，」丈夫連忙走上前去悄悄地告訴妻子，「這不是畫，是鏡子。」

◆ 捨近求遠

一位年輕的女士坐在拋錨的車裡等待有人能給予幫助。終於兩個男人來到她的面前。

「我的汽油用完了，你們能幫忙把車推到加油站嗎？」

兩名男士立即上前賣力地推車，這樣他們推車

越過了幾個街區。過了一會兒，一個筋疲力盡的男人抬頭一看，見他們剛剛路過了一個加油站。「你為什麼不把車開進去？」他大聲喊道。

「我絕不去那兒。」女士大聲回答，「他們那兒的服務態度不好。」

◆ 超級胖婦的煩惱

一名婦人哭哭啼啼地打電話給減肥中心，訴說她的不幸遭遇：

丈夫送一樣可愛的禮物給她，可是她怎樣都擠不進去。諮詢人員替她安排了做減肥運動的時間，然後說：「你不用煩惱，太太。你很快就能穿得下那件衣服的。」

「什麼？衣服？」

那婦人嗚咽著說：「我說的是一輛保時捷跑車啊！」

◆ 傾心於哈利

一個新婚的年輕太太，趴在她女性友人肩上傷心地啜泣著。

「我不能再和他廝守下去了。」她以抱怨的口吻說：「我很懊悔我的婚姻，自我開始度蜜月以來，哈利就不曾吻過我一次。」

「你應該及時採取行動，和他離婚呀！」她的朋友憤慨地說。

「不行。」

「那又為什麼呢？」那位朋友不解地問道。

年輕的太太搖頭歎息說：「因為哈利並不是我的丈夫呀！」

◆ 一分鐘

夫妻倆準備外出用餐。丈夫在門口高聲喊：「這是我最後一次問你了，你究竟要到什麼時候才打扮好？」

太太在臥室回答：「叫什麼！我不是告訴你很多次了，只要再等一分鐘就行了嗎？」

◆ 考慮什麼

「我的妻子由於不斷考慮問題，使得頭髮都白了。」

「她在考慮什麼問題呢？」

「考慮是把頭髮染成黃的呢？還是染成黑的。」

◆ 擔心

一個推銷員的妻子哭著說：「每次你外出時，我就很擔心。」

丈夫安慰她：「親愛的別擔心，我隨時都會趕回來的。」

「我知道，那就是我擔心的原因。」

◆ 醋勁大發

我有一個朋友一天早晨怒氣沖沖地跑到我家裡大叫：「我丈夫把我氣得不知如何是好！」

「為什麼？」

「昨夜我夢見一個賊婦和他眉來眼去，他就高

興得不知如何是好。」

「唉！」我說：「那不過是個夢啊！」

「哈！」她氣瘋了，「在我的夢裡尚且如此，在他自己的夢裡，那還得了？」

◆ 饞嘴媳婦

一婦人嘴饞，話題總不離吃的東西。某日天下著大雪，男人讓她到外面看看下雪了沒有。

婦人一看，說：「外面飛飛揚揚，落下一地的白麵粉。」

不多時，丈夫又讓他看看雪下了有多厚，婦人說：「有煎餅那麼厚。」

過一會兒，丈夫又讓她去看。

婦人說：「有燒餅那麼厚了。」

一會兒之後，又說：「已經有蒸餅那麼厚了。」

男人大怒，正在烤火的他，拿起火筷就打。

婦人說：「我說的是好話，你也犯不著拿麻花捲打我，打得嘴好像甜甜圈一般。」

◆ 驚慌的太太們

歌劇院中擠滿了人，觀眾中有許多成雙成對的情人。突然間一個男人闖了進來，揮舞著一把手槍，叫著：「我的太太跟另一個男人在裡面，趕快叫她出來，否則我就開槍了。」

驚慌失措的經理奔上舞臺，宣佈道：「有個男人帶著手槍在前廳，據他說，在觀眾中有他的太太跟別的男人。假如真有此事，請當事人盡速由後門出去！」

在一分鐘內，歌劇院中的女人差不多都走光了。

◆ 寂寞難耐

法利艾貝先生和夫人每當入夜之際便經常爭吵不休，為此，兩人協定分室而居，數日來效果甚佳。一天夜裡，即將回房休息時，法利艾貝夫人以羞答答的口吻說：「先生，若是你晚上覺得寂寞，需要我的話，只需到大廳裡吹聲口哨便成了。」

幾晚之後，法利艾貝剛要上床就寢時，聽見妻

子柔弱的聲音從窗口傳來：「先生，親愛的，你是不是吹口哨了？」

◆ 找丈夫

一婦人奔進警察局，使勁搓著自己的手狂叫道：「我的丈夫失蹤了，請你們幫幫忙吧！」

「告訴我他長什麼樣子，也許我們能替你找到他。」值勤的警官問她。

「哦，他又高又黑，非常英俊，有波浪狀黑髮及漂亮的眼睛。」

「不對，我認識你的丈夫呀！」站在旁邊的一個警察說：「他又矮、又胖、禿頭、腫眼泡。」

「是呀！」那婦人回答，「不過我想假如你們找到一個跟我剛才說的一樣的，我就不要那個了。」

◆ 擔心升級

一個女子死了丈夫以後，又再結婚。第二個丈夫常動手打她。有一天，丈夫從外面回來，妻子正在祈禱：「哦，無所不在的上帝！請不要讓我的丈夫死掉，不要讓我再嫁第三個丈夫！」

丈夫聽見了，覺得很納悶，就盤問妻子，為什麼這樣祈禱。

　　妻子回答說：「我第一個丈夫只會罵我；而你會動手打我；萬一你再死去，我第三個丈夫一定會殺我了！」

◆ 貞節牌坊

　　明朝時期，有個叫宋志高的人，此人為官能說會道，深受皇帝信任，一天他請求皇帝為他寡婦嫂子樹立一座貞節牌坊。

　　他說他嫂子二十歲開始守寡，從不出大門一步，而且孝順公婆。從他做官離開家以後，父母常常給他來信，說他嫂子非常賢惠，深受人們敬仰。

　　皇帝聽後也非常高興，當即撥下五百兩白銀，並給他三個月假回家給他嫂子樹立貞節牌坊。他立即啟程，不幾天回到家中，準備材料，雇來了石匠、木匠，很快就把牌坊造成了。在樹立牌坊這天，他去問他的嫂子。

　　他說：「嫂子，今天就要為你立牌坊了。立牌坊這事可不是隨便的，只要有一次失去貞節就立不

住，皇上要知道了，不但會怪罪我，還會抄我們的家，禍滅九族哇！」

他嫂子一聽失節一次也立不住，不覺有點神色慌張。

他接著說：「嫂子，這事也不用害怕，有個破解的方法，失節一次就偷偷在柱腳石下放一個黃豆粒，有幾次放幾個，這樣牌坊樹起來之後就不會倒了。嫂子你看得放多少合適？」

他嫂子聽後，打了個「咳」聲說：「小叔啊，你別小鼻子小眼睛了，就用力抓一把來放吧！」

◆ 用不著綁

導演：「王小姐！這一場要拍年輕人很急地走進你的房間裡，把你抱住，要用繩子把你綁牢，隨後他拼命地抱你吻你。」

女角：「這年輕人是不是很高大，很英俊？」

導演：「當然！為什麼問這個？」

女角：「那麼，他用不著綁住我了。」

◆ 無所適從

醜女跟和尚同船渡河，和尚無意間瞅了醜女一眼，醜女立刻大發脾氣：「大膽禿頭，光天化日之下竟敢偷看良家婦女！」

和尚一聽，嚇得連忙把眼睛閉上。

醜女一見，更生氣了：「你偷看我還不算，還敢閉上眼睛在心裡想我！」

和尚無法跟她講道理，又把臉轉到一邊。

醜女得理不饒人，雙手叉腰大聲訓斥道：「你覺得無臉見我，正好說明你心中有鬼！」

◆ 意見分歧

「閣下，」丈夫對法官說：「那位警官無權逮捕我們並把我們送上法庭。

剛才在街上，我們夫妻之間只不過是產生了一些小小的意見分歧，就像丈夫和妻子之間常會發生的那樣。」

「可是你們為什麼不在家裡吵，而非要到大街上大吵大鬧，吵得別人都不得安寧呢？」

「什麼！」妻子一下子發起脾氣來，「你想要我們把家具都砸壞嗎？」

◆ 失眠的妻子

　　妻子：「吉姆，我又一夜沒睡著。」

　　丈夫：「你怎麼沒試試醫生教的數數的方法？」

　　妻子：「試了，我數到了四十八萬七千八百六十五。」

　　丈夫：「然後你睡著了嗎？」

　　妻子：「不，這時天已經亮了。」

◆ 不生氣

　　妻子：「老實說，你昨晚是不是去賭了？」

　　丈夫：「是……還好贏了。」

　　妻子：「為什麼要隱瞞？」

　　丈夫：「怕你生氣。」

　　妻子：「呆子，你贏了我還生什麼氣？」

◆ 難以抉擇

年輕漂亮的女傭向女主人表示辭意，女主人關心地問：「為什麼？誰虐待你了？」

「沒有，每個人都對我好，我好為難。」

「你為難什麼呢？」太太問。

女傭說：「老太爺要我給他做續弦，老爺要我當小的，少爺又要帶我私奔……」

◆ 潑婦上吊

某潑婦跟鄰人打架，假裝尋死上吊，一根繩子打了死扣掛在後腦勺上，另一頭拴上樹枒，自己大喊：「救命呀，有人上吊了！」

這時，路邊一人告訴她：「你這種吊法不對，應該打個活扣，套在脖子上！」

◆ 出嫁心切

一個出嫁的女子，在去新郎家的途中痛哭，顯出十分悲哀的樣子。搖船的人心中不忍，想把船暫時停住。

這女子說：「我哭我的，你搖你的，關你什麼事，停船做什麼？」

◆ 受之有愧

甲：「我們公司那位將近四十歲未婚的王小姐，每當我們叫她『老處女』時，她都會覺得不好意思。」

乙：「她是因為嫁不出去而不好意思嗎？」

甲：「不是啦！她自己覺得受之有愧。」

◆ 沒時間

丈夫：「你跟誰在門口站著談了三個多鐘頭？」

妻子：「鄰居張太太。」

丈夫：「怎麼不請人家進來坐坐？」

妻子：「她說沒有時間。」

◆ 預先準備

「聽說你丈夫對跳傘很有興趣。」

「是啊！」

「可是好可怕喲！如果拉那條線，而那線卻怎麼也拉不開的話……」

「不是有一個預備傘嗎？」

「如果那個也打不開，怎麼辦呢？」

「老實說，我也準備了一個丈夫。」

◆ 把握分寸

姊妹會的禮儀教師教導女孩們怎樣給男伴大獻殷勤的機會。

她說：「坐在車子裡不要動，要他替你打開車門。」隨後，她又附加了一句：「可是，如果他已經走進餐館開始點菜，你就不要等了。」

◆ 不說倒罷了

辦公室的年輕女孩們正在大談戀愛經。有位老處女在旁邊傾聽，她覺得自己該說幾句話，以免顯得自慚形穢。

她說：「以前我也時常被人拜託快點結婚。」

「哦，是誰拜託你呢？」

「爸爸和媽媽。」

◆ 得意忘形

一位自命不凡、剛訂過婚的小姐對朋友說：「我先生常對他的朋友說，『我要跟世界上最美的小姐結婚。』你看我先生是不是得意忘形呢？」

在旁邊默默聽她說話的一位自尊心很強的老處女，立即站起來說：「你的未婚夫那麼薄情寡義呀，一訂婚就不要你，要跟別的小姐結婚啊！」

◆ 年輕時的遺憾

老處女甲：「想到我年輕的時候，我真恨死了。」

老處女乙：「為什麼？發生了什麼事情了嗎？」

老處女甲：「就是因為什麼都不曾發生過。」

◆ 沒有人會相信

新娘津津樂道地向她的好友炫耀：「我的丈夫真是可愛極了，他逢人就說，他和世界上最美麗的女孩結了婚。」

「你放心好了啦，沒有人會相信他的。」好友脫口而出。

◆ 放心不下

甲：「看你的臉色不好，你病了嗎？」

乙：「我沒病，我丈夫病了，我必須日夜看守他。」

甲：「難道沒有護士嗎？」

乙：「正因為有護士，我才必須日夜看守他！」

◆ 讓太太開心

海軍醫院裡一個年輕的士兵向一位好心的護士口述他給太太的信，他說：「……這裡的護士都不漂亮。」

護士抗議：「你這樣說是不是有點不客氣？」

「是的，」那個士兵笑著說：「不過，這樣說我的太太會很放心讓我在這裡。」

◆ 運氣好

丈夫下班回家，額頭上有一片殷紅，太太見了大發嬌嗔：「怎麼會有口紅？」

「不是口紅，是血。開車回家出了事，前額撞在方向盤上。」

太太面有喜色，說：「算你運氣好。」

◆ 難守祕密

婦女甲：「她告訴我說你告訴了她那件我告訴你不要告訴她的祕密。」

婦女乙：「我特別告訴她不讓她告訴你是我告訴她的。」

婦女甲：「天呀，別再告訴她我告訴你了她告訴我的事。」

◆ 可有一比

女主人把女傭叫到面前問她：「你是否懷孕了？」

「是啊！」女傭回答說。

「虧你還說得出口，你還沒有結婚，難道不覺得害羞嗎？」女主人再次訓斥。

「我為什麼要害羞？太太，你自己不也懷孕了嗎？」

「可是我懷的是我丈夫的！」女主人生氣地反駁。

「我也是啊！」女傭高興地附和道。

◆ 丈夫的特徵

迪妮太太正在接電話。

警察：「喂，太太，我們發現一具男屍，很可能就是你的丈夫。請問，你丈夫有什麼可供辨認的特徵嗎？」

迪妮太太先是尖叫一聲，然後回答說：「他的特徵是走路總是慢吞吞的。還有，就是經常罵我。」

◆ 用餐時間

威廉斯夫婦搭飛機去羅馬，很晚才到旅館，他們以為吃不到晚餐了，只好餓著肚子去睡覺，因此

當服務生問他們是否在旅館用餐時，他們頗感奇怪。

「怎麼，你們現在還供應晚餐？」

「對，一直供應到九點半。」

「那麼，用餐時間都是什麼時候呢？」威廉斯先生問。

「我們從早七點開始供應午飯，下午四點至五點供應茶點，晚上六點至九點半供應晚餐。」

「喲，」威廉斯太太遺憾地說：「那麼我們就沒時間去遊覽羅馬的風光了。」

◆ 風騷的女僕

「我是一個風騷女人，是嗎？」一個放肆的女僕在女主人不理會她的時候，這樣問，「我知道有的人比我更風騷，可是條件卻遠不及我。」她向女主人投去狡黠的眼光，接著說：「我比你漂亮得多，你知道這是誰告訴我的嗎？是你丈夫告訴我的。」

「你說夠了！」女主人嚴厲地說。

「我還沒有說完呢！」女僕回答，「我接吻的功夫也比你高強，你想知道這是誰告訴我的嗎？」

「要是你再說是我的丈夫……」

「不，這次可不是你丈夫了。這是你的汽車司機告訴我的。」

◆ 不忠實

在離婚訴訟庭上，聽了雙方的供詞後，法官說：「女士，照這樣看來，妳確實對妳的丈夫不老實。」

「才怪！是丈夫對我不老實。」太太憤怒地叫道：「他說要出差一個星期，可是第三天就回來了。」

◆ 賀信

一個母親寫信給她兒子，祝賀他訂婚：「親愛的兒子，我和你父親聽到這個消息非常高興，感到很幸福。我們迫不及待地等待著你們舉行婚禮的日子，感謝上帝恩賜於你這美好的婚姻。」

當兒子看信時，發現這張紙的最後用另一種筆跡寫了幾句話：「你媽媽找郵票去了，不要幹這蠢事，傻瓜。過單身漢生活吧！」

◆ 可惜

一個極害羞的男人，始終沒有勇氣向他所愛的女人表白愛情，但對方卻非常瞭解和熱愛他，常常製造機會，讓他表示出他的愛，但他卻始終無法利用她所製造的機會。

有一天晚上，他和她坐在公園的長椅上，他照例又是無語。她忍不住又製造機會對他暗示道：「據說男人的一隻手臂的長度，與女人的腰圍相等，不知你相信不相信？」

「真的嗎？」他答道：「可惜我沒有帶一根繩子來量一量。」

◆ 自作多情

兩司機同時愛上了一位女交警，都認為女交警對自己好。

甲司機說：「我每次經過路口，她都將紅燈變為綠燈，好讓我快點通過。」

乙司機說：「正好相反，我每次經過路口，她都將綠燈變為紅燈，好多看我幾眼。」

◆ 現在的女孩

記者科拉問一個年輕小伙子是否打算結婚。

小伙子說：「我要一直保持單身生涯，一直等到我遇見和我祖父娶的女孩一樣。」

「但是，現在的女孩和從前可大不相同了。」科拉警告他。

「當然是不同了，」小伙子說：「祖父是昨天才和她結婚的，他們是在夜店裡認識的。」

◆ 沒結婚的原因

一少年問一老年單身漢：「老先生，您為什麼至今還沒有結婚呢？」

「唉！小伙子，你知道嗎？我年輕的時候，就下決心若找不到有思想的女性，堅決不結婚。許多年過去了，我終於找到了一位這樣的女性。然而，她卻拒絕了我，她說她要找一位有思想的男性。」

◆ 期望更多

「我有三個女兒，希望能順順利利地把她們嫁

出去。」老頭發自內心的對一位陌生的年輕人說：「我已經攢了不少錢，因此她們到丈夫家不會不帶嫁妝的。比方說，阿特麗絲，她二十五歲，她真是個好女孩。等她出嫁時，我要分給她一千美元。另一個是列尼絲，她快三十五了，我準備給三千美元。鄔瑪四十歲了，誰要娶她，我給他五千美元。」

小伙子稍加思索，問老頭：「您有年近五十的女兒嗎？」

◆ 買面子

一位打扮得很時髦的小伙子來到一家高級飯店，一進門就遞給服務生一張百元大鈔。

服務生不解地用手掂著這張百元大鈔，訕笑著說：「怎麼，你是要用這錢訂酒席嗎？」

小伙子忙解釋說：「不，不，待會兒我陪一位女孩來，請你大聲對我們說：『今日客滿，請到別處』，就行了，謝謝啦！」

◆ 不需要燈光

熱戀中的男女最近發現了一個談情說愛的好地

方：既不必花錢，也不用擔心警察的干擾，而且可以日以繼夜的繼續下去，直到滿意為止，這地方就是教堂。

男女們的熱戀打破了教堂的寧靜，有一位牧師於是在教堂的入口處寫了一塊告示牌，上面寫著：「本教堂十點以後熄燈。」

第二天，談情說愛的人不見減少，牧師不解，一看外面告牌多了一小行的字，上面寫著：「請放心，我們不需要燈光。」

◆ 有損身體

兩個男人在一起聊天。

「醫學雜誌報導說，接吻是有損身體健康的。」一個男人說。

「您算說對了。我前天晚上吻了牧師的女兒，被他撞見後，挨了一頓狠揍，直到現在還直不起腰哩。」另一個男人答道。

◆ 戀愛經過

某雜誌社徵文：「請以最短的文字，敘述你的

戀愛經過……」

　　某人的文章如下：

　　初戀：心裡眼中只有她；

　　熱戀：媽媽叫我向東，情人叫我向西──向西；

　　失戀：愛人結婚了，新郎不是我。

◆ 賺錢的生意

　　一個年輕人對一個大富翁說：「我能給您介紹一樁可以賺五十萬法郎的生意嗎？」

　　「很好，」百萬富翁說：「你說給我聽聽。」

　　「聽說，誰如果娶您的女兒，你就將給他一百萬法郎。」

　　「一點都不假。」富翁說。

　　「而我呢，我娶她只要五十萬法郎。」

◆ 不爽

　　「你看見遠處的那位漂亮的金髮辣妹了嗎？她使我整整一晚上都感到不爽。」

　　「她使你不爽？可是她根本沒有看過你一眼

呀！」

「就是因為這個才使我不爽的。」

◆ 一切都會有的

女友羞答答地對男友說：「班尼，婚後我可以分擔你的煩惱和憂慮，還可以減輕你的工作負擔。」

「親愛的，放心吧！我並沒有任何煩惱、憂慮和負擔。」

「那你是說不肯跟我結婚了？」

「這是什麼意思？」

「因為婚後，這一切你都會有的。」

◆ 再等一下

父親：「莎拉，為什麼你還不結婚呢？」

莎拉：「我交了好幾個男朋友，但都不滿意，再等一下。」

父親：「你年紀不小了，可要抓緊時間啊！」

莎拉：「放心吧，爸爸，在人生的大海裡，魚多得很。」

父親：「孩子，釣餌放久了，就沒味道了。」

◆ 一個嚴肅的問題

一對年輕的猶太男女坐在公園的一條長椅上，互相沈思地對視著。過了好久，女孩對她的男友低聲說道：「安古斯，告訴我你正在想什麼，我就給你一美元。」

小伙子答道：「我正在想，如果妳給我一個小小的吻，那是再好不過了。」

女孩紅著臉吻了他，又過了一會兒，她又道：「再花一美元買你現在的想法，安古斯。」

「這次我想的可是一個嚴肅的問題。」小伙子說。

「會是什麼問題呢，安古斯？」女孩很害羞地問。

「我現在想，妳應該支付欠我的美元了。」

◆ 極其愚蠢的事

艾麗莎鄭重地對珍妮說：「你拒絕了艾力克斯是你人生中最大的錯誤，現在他和我結婚了。」

珍妮：「我一點也不後悔。當我拒絕他時，他

就說，由於不堪忍受失戀的痛苦，他會做出一些極其愚蠢的事。」

◆ 沈重的損失

一個女孩非常有錢。一天傍晚，一個年輕人——貧窮而誠實的小伙子，對她特別溫柔。

「你真是富有。」他吻著她說。

「是的。」她坦率地承認：「我擁有三千萬元的財產。」

「你能嫁給我嗎？」

「不。」

「我早料到是這樣。」

「那你又何必問呢？」

「我只不過是想體驗一下，當一個人失去三千萬元時，到底是什麼滋味。」

◆ 失望至極

一個猶太女孩和母親通電話：「你好，媽媽，我已結婚了。」

「瑪賽爾，我祝你幸福。這真是個好消息。」

「媽媽，我的丈夫是個新教徒。」

「不可能人人都是猶太人。」

「可是，媽媽，他是黑人。」

「我的女兒，世界是由各種膚色的人組成的，對任何人種都要能夠容忍。」

「媽媽，他沒有工作。」

「你爸爸也不是任何時候都有工作。」

「可是，媽媽，我們還沒有房子呢！」

「你和你的丈夫可以睡在我們這裡，爸爸可以睡在沙發上。」

「可是，媽媽你睡到什麼地方去呢？」

「不要替我擔心，親愛的，一掛好電話，我就離開人世。」

◆ 隨口說出

一位以害羞出名，見到女孩子就不敢說話的男孩，在一次舞會上認識了一位小姐後，竟然宣布他們訂婚了。

有人問他究竟發生了什麼事。「是這樣的，」害羞的男孩說：「我和她跳了三次舞，我想不出要

說什麼話了。」

◆ 理想的伴侶

一位準備到倫敦去遊覽的美國女人，到提供美國男子作遊伴的事務所去。那所裡的人告訴她那兒有美國的北方人，也有美國的南方人，隨她選擇。

她問北方人和南方人有什麼不同，他們告訴她說：南方人舉止優雅，善獻殷勤；而北方人則口才流利，富有浪漫性。

「那麼，」她說：「我要一個最靠近北方的南方人！」

◆ 瞎費力氣

一個小伙子帶了他的朋友去兜風，為了在女朋友面前表現他的勇氣與高明的駕駛技術，故意將車開到每小時一百五十公里，結果突然撞在路邊的大樹上。

汽車完全毀壞了，幸而車裡的人並未受傷，他趕緊伸手摟住他的女朋友，安慰這個女孩子不要怕。

他的女朋友果然親密異常地倒在他的懷抱中，

並且以一種真實的、惋惜的語氣說：「你何必費這麼大的力氣呢？只要你假裝汽油用光了，我就會讓你吻我的。」

◆ 另有他圖

一對男女在公園散步，男的突然轉過身來：「妮娜，你真的不愛我了嗎？」

女的頭也不抬：「我已經說過不只一遍了。」

男的聲調變得低沈，傷感地說：「那我只好流落天涯，咱們永別了！」

女的瞥了他一眼：「不過，你還是可以常常給我來信。」

男的轉悲為喜：「這麼說，你還愛我？」

「我喜歡各地的郵票！」

◆ 尋找話題

靦腆的小伙子初次和女孩約會，可是怎麼也找不到話題。終於，他開始與女孩交談了：「妳的母親生活得怎麼樣？」

「謝謝！她很好。」

女人百態篇

「父親呢？」

「不錯。」

「兄弟和姐妹呢？」

「謝謝！他們都生活得不錯。」

小伙子又無話了。這時，女孩提醒他：「我還有爺爺奶奶呢！您怎麼不問了？」

◆ 喜新厭舊

一天，林希在路上見到男朋友與另一位漂亮的女孩子在一起，看上去彼此很親密，林希無名之火頓起。

第二天，林希見到男友便興師問罪，怒氣沖沖地說：「想不到你竟然是一個喜新厭舊的傢伙！」

男友急忙辯解道：「你誤會啦！我哪會是這種人？你才是新的，她是舊的！」

◆ 因人而異

有位女孩提著高跟鞋走進木材商店，請店主替她把鞋跟的軟木鋸短一些，店主照辦了。

過了一個星期，女孩又來了，她問：「上次你

們鋸下的那兩塊軟木鞋跟還在嗎？我想請你們幫我黏上去。」

店主對這個要求很感驚訝，便問其原因。女孩說：「噢，這個星期我換了男朋友，比上星期那個高多了。」

◆ 重新做人

「你是說，你戒酒是她的意思？」

「沒錯。」

「你戒煙也是為了同一目的？」

「是的。」

「戒賭，戒賭賽車也是為了她的緣故？」

「對的。」

「那麼，這些你都一一做到了，為何不娶她？」

「喔，我經過考慮，又改變主意了。既然我已經是這麼優秀的人，又那麼有出息，理所當然要另外找一個更好的人選。」

◆ 初步印象

介紹人抽了口煙，然後問道：「女孩，你對那個男的初步印象如何？」

女孩：「他說話和你抽煙一樣。」

介紹人：「自然，瀟灑？」

女孩：「不，吞吞吐吐！」

◆ 理想的人選

在大飯店的前廳裡，有個婦人一直盯著附近一位紳士。紳士感到很納悶，決定過去問個清楚。他客氣地問她，他們是否以前在什麼地方見過面。

「我們從未見過面，先生，可是你的樣子很像我的第三任丈夫。」

「你結過三次婚嗎？」他問。

「不，只結過兩次。」

◆ 好事難成

一個女傭每天晚上出去和男朋友幽會，三年以來，從無間斷。

一天，主婦問她：「既然你和你的男朋友感情這麼好，為什麼不結婚呢？」

「唉！難啦！」女傭答道：「當他喝醉的時候，我不願意嫁給他；當他清醒的時候，他又不願意娶我。」

◆ 物極必反

鄰家女兒想要結婚，可是因為男方不是佛教徒，父母不同意。於是她勸男友研究佛學，早日皈依。

過了一段時間，父母問起男方的近況，她說他已經信奉佛教了。

「那你們可以準備結婚了。」父母說。

「可是……」女兒哭了起來，哽咽著說：「他信得太深，當和尚去了！」

◆ 擔心

一位男士打算和女友結婚，於是對女友的爸爸自我介紹說：「我的生活非常嚴肅，不喝酒，不抽煙，也不打牌。」

女人百態篇

女友的爸爸答道：「你還是不要娶我的女兒吧！否則，我太太一有機會就會對我說：『你要拿你的女婿做榜樣呀！』」

◆ 什麼都敢說

一個小伙子用手機發簡訊給他的女朋友：「親愛的，為了你，我願意奮不顧身地橫渡大海；毫不猶豫地跳進深淵；為了見到你，我要克服任何困難……星期天我會準時到你那裡去，如果天氣轉好沒下雨的話。」

◆ 出於良心

一對男女剛從結婚登記處領證回來，他們在路上交談著。

男的得意地說：「親愛的，你真美！不過出於良心，現在我得告訴你，上次我帶你來我家裡看的那套紅木家具，以及華麗的擺設，我都是向別人家借來的。」

女的說：「沒關係。出於良心，我現在也得如實告訴你，剛才登記證上寫的是我姐姐的名字。」

男的大吃一驚：「就是上次在你家看到的，那個令人討厭的醜八怪嗎？」

女：「千萬別再這樣稱呼她了，她現在是你的妻子啦！」

◆ 暗戀已久的女孩

某一天早晨，小次郎依舊坐上那班公車，車上又出現了那位暗戀已久的女孩。

他終於鼓起了勇氣，寫了張紙條給她：「小姐，我想和你做個朋友，如果你願意，請將紙條傳回，否則就請丟出窗外，讓它隨風而逝吧！」

沒多久紙條竟然傳回來了，小次郎忍不住心裡暗喜：「我還是很有魅力的嘛！……嘻……」他嘴角微微上揚，一臉勝利者的姿態，充滿自信地打開紙條，一看「對不起，窗戶打不開……」

◆ 還需等待

雖然已經有女朋友了，可是伍德還是個呆頭鵝，大家都笑他笨，根本不知道怎麼談戀愛。伍德下決心雪恥……

有天晚上，伍德跟女朋友走在沒有人的路上，覺得很有情調。

　　伍德：「今晚，我……我可以抱你嗎？」

　　她：「哎呀！人家不好意思嘛！」

　　伍德：「喔喔喔！好！那等你好意思的時候再抱你好了！」

◆ 女孩的心思

　　女：「我愛你。」

　　男：「你上次不是說不愛我嗎？」

　　女：「你真傻。我們女孩子嘴上說不愛，其實心裡很愛。」

　　男：「哦！那麼你現在是不愛我了？」

◆ 不會拒絕

　　一對年輕情侶默默地站在門前。過了一會，他怯生生地問道：「如果我現在吻你，你會不會呼叫你老媽？」

　　她不解地問道：「什麼？難道你還想吻她？」

◆ 瞄準

女友：「你每次看我怎麼都用一隻眼睛呢？」

二等兵：「你不知道？這樣看比較清楚。」

女友：「為什麼？」

二等兵：「很簡單，我們打靶時不也是都用一隻眼睛瞄準？」

◆ 考驗

男：「親愛的，妳好！」

女：「對不起，你是誰？」

男：「妳看呢？」

女：「我看不見呀！」

男：「那妳聽得出是誰吧？」

女：「我也聽不出。」

男：「再見（放下電話）」啊，又聾又瞎。阿姨也真是的，怎麼給我介紹一個這樣的人，幸虧還未相親。

◆ 另有想法

一男子愛上了一位女孩。一天，他拿出一個盒子，打開給女孩看，盒裡是一枚訂婚戒指，上面刻著她的名字。

「我想請你做我的妻子。」他說。

「我不知道如何對你講，」她回答說：「我已經愛上另外一個人了。」

「請告訴我他的名字叫什麼？」這位追求者急切地問道。

「不！不能，」女孩喊道：「我怕你會跟他拼命。」

「不會的，」他說：「我只想把這枚戒指賣給他。」

◆ 等待時機

一個有名的懶漢來找媒人。

「我想請您幫我介紹對象。」

「OK 啊！我可以為你介紹一位出身好的女孩。」

「很好。」

「她有許多嫁妝！」

「好極了。」

「她長得很漂亮，簡直可以說是個仙女！」

「妙極了！」

「但是，她有個弱點……」

「是什麼呢？」

「就是有時會發瘋。」

懶漢皺起了眉頭：「常常這樣嗎？」

「每年兩次。」

懶漢皺起的眉頭舒展開了：「如果是這樣，我同意！」

媒人沈默了良久。

懶漢感到納悶，便問道：「您什麼時候去向她提親呢？」

媒人喝了一口茶，鎮靜地說道：「急什麼呢，年輕人？讓我們等到她發瘋時再說吧！也許她在那個時刻才願意嫁給您！」

◆ 名聲

一個銀行家結識了一名叫瑪蓮的女演員，經過一段時間的交往，兩人決定結婚。銀行家擔心女演員的名聲，便匿名請一位私人偵探去調查。

不久收到調查結果：瑪蓮小姐的私人生活堪稱楷模，她是一名受同事稱頌的當之無愧的好人。只是有一點，她現在正與一位銀行家過從甚密，而這人是一個無賴、騙子。

◆ 不喜歡蝴蝶

夏天，一對年輕情侶在談情說愛，男的指著薔薇花說：「親愛的，你跟這薔薇花一樣美麗。」

女的說：「我是花，那你是什麼？」

男的答：「我是伴隨鮮花的蝴蝶呀！」

女的說：「我不喜歡蝴蝶！」

男的問：「為什麼？」

女的不高興地說：「你看，那蝴蝶又飛到百合花上去了。」

◆ 不約而同

一女大學生由朋友介紹，跟一個從未見過面的人約好當晚一起出遊。她平時戴眼鏡，卻決定那天晚上相會時不戴。假若看對方順眼，她就整晚不戴；假若對方是個討厭鬼，她再把眼鏡戴起來。

約會時間到了。那人來到她家。她望了那人一眼，發覺沒有什麼可取的地方，於是跑回樓上，把眼鏡戴上。哪知下樓一看，那傢伙的鼻樑上，也多了一副眼鏡。

◆ 絕望

一單身男子向女友求婚，被拒絕了，心中難過，當著女友的面歎氣：「罷了，我今生別想結婚了。」

「何必這樣悲觀呢？」女友不勝憐憫地說：「大丈夫何憂無妻，我拒絕了你，不見得別的女孩子也會拒絕你呀！」

「當然，」那單身男子還是不勝感歎：「可是，連妳都不要了，還有誰肯要我呢？」

女人百態篇

◆ 是否介意

有個男子晚上到女朋友家串門子。女朋友的父母見狀，托辭有事一起外出，好讓他倆談情說愛。

家裡安靜下來，男子對女友低聲說：「親愛的，你不介意我關掉外面走廊上的電燈吧？」

「不。」她低聲回答。於是男子關掉了走廊上的那盞燈。

「你不介意我再關掉房子裡的燈吧？」

「不。」她羞答答地說。

於是，男子又關掉了房子裡的燈。

「親愛的，我連桌上的枱燈也關掉，好嗎？」男子滿心欣喜地悄聲問道。

「好的。」女友的頭埋得更低了。

當黑暗籠罩四周時，男子得意地說：「親愛的，瞧瞧我手上的夜光錶，你看它值不值兩萬元呢？」

◆ 千篇一律

甲：「喂，你在寫什麼？」

乙：「情書。」

甲：「寫些什麼？」

乙：「你聽著，『親愛的，我的心上人，我倆是天生的一對。除了你，我誰也不愛』……」

甲：「寫給誰呀？」

乙：「我還沒有拿定最後主意。」

◆ 拆臺

幾個小伙子都非常喜歡瑪莉，可是都碰了釘子。

後來有一天，漢克居然說他已約好了她，而且顯得很得意。他留下其他幾人玩紙牌，自己則衣冠楚楚地揚長而去。

詹姆士靈機一動，等到漢克差不多已到了瑪莉的家時，便打電話給瑪莉。詹姆士問接電話的瑪莉：「漢克在你那裡嗎？」

瑪莉說他在，並問：「叫他接電話嗎？」

「不，不用了，」詹姆士彬彬有禮地說：「麻煩你告訴他一下，請他馬上把向我借的襯衫送回來……」

女人百態篇

◆ 不想操心的男人

女子的父親：「小女答應與你結婚，你擇定吉日了沒有？」

年輕人：「這可由您的千金決定。」

女子的父親：「你打算在哪裡辦酒席？」

年輕人：「這可由伯母您決定。」

女子的父親：「將來你打算怎樣維持生活？」

年輕人：「這可由伯父決定。」

◆ 最大膽的瞬間

甲：「當你處於最危險的關頭時，你是怎樣應付的？」

乙：「我馬上回憶和我太太的初吻。」

甲：「為什麼？」

乙：「那是我一生中最大膽的瞬間。」

◆ 既成事實

女：「要是你娶我的話，你將會有兩個孩子，一男一女。」

男：「你怎麼知道的？」

女：「這還用問嗎？這兩個孩子此刻正在我母親那裡。」

◆ 露出馬腳

女：「喂，今晚六點我們在『老地方』見！」

男：「啊？我們第一次約會，何來『老地方』？」

女：「噢，你是傑森呀，我還以為是麥克呢！那好吧，今晚七點在體育館門口等我。拜拜！」

◆ 一眼看中

女孩找到媒人說：「你騙人，他有一隻眼睛是假眼，你以前為什麼沒告訴我？」

「怎麼沒告訴你？」媒人也不甘示弱，「你們頭次見面，我就告訴你，『他一眼看中你了』。」

◆ 連續相親

甲：「經人介紹，我連續相親十次，終於相到一個有緣人。」

乙：「有緣？怎麼說？」

甲：「他就是我第一次相親的對象。」

◆ 跟誰結婚

女兒：「今天有人幫我介紹了一個對象。他爸爸是個局長，他叔叔在外貿部門工作，他舅舅在香港某上市公司當經理，您看他的條件不錯吧？」

母親：「真不錯，可是你打算跟他們三個當中的哪一個結婚呢？」

◆ 心不在焉

甲：「你為什麼要和他吵架？」

乙：「因為他昨天又向我求婚了。」

甲：「這有什麼不好的？」

乙：「可是我前天已經答應了他的求婚。」

◆ 真不幸

母親：「你不是準備登記結婚嗎？」

女兒：「咳，別提了，我真不幸。」

母親：「是那小伙子欺騙了你？」

女兒：「不，是他的局長爸爸死了。」

◆ 紳士風度

女：「我的男友特別有紳士風度。」

女友：「他怎麼樣？」

女：「他吻我時，總是把香煙從嘴邊拿開。」

女友：「……」

◆ 十字路口

女兒：「在愛情的十字路口，我該怎麼辦？」

母親：「站在路口中間，哪兒也不去！」

女兒：「幹嘛這樣呢？」

母親：「這樣一來，他們都得聽你指揮。」

◆ 成事不足

女兒：「媽，因為你不答應我與傑克的婚事，想不到他昨晚服安眠藥自殺了。」

母親：「是嗎？結果呢？」

女兒：「托上帝的福，他吃錯了藥，沒有死。」

母親：「你瞧！我早對你說過，他這個人連一點小事都會做錯，還能託付終身嗎？」

◆ 爾虞我詐

甲小姐：「男人都是說謊話的傢伙。」

乙小姐：「這話從何說起呢？」

甲小姐：「我曾與兩個男朋友約好，要跟他們訂婚，後來經過瞭解，才知道他們都有未婚妻了。」

◆ 年輕人可愛

母親對女兒說：「你已不小了，到了當嫁的年齡；然而當今的年輕人，油滑者頗多，媽為你物色了一個五十歲的男子，嫁給他可願意？」

女兒說：「媽！我寧可嫁給兩個二十五歲的年輕人，也不願嫁給一個五十歲的男人啊！」

◆ 求婚的跡象

一位女孩高興地對母親說：「夏克終於打算向我求婚了！」

「他已經向你提起了嗎？」

「還沒有，不過他已經開槍打死了他的妻子。」

◆ 安慰

有一個小伙子垂頭喪氣地向幾位女同事訴說失戀的痛苦。

聽著聽著，一位女子急忙站起來說：「那個女的真是個標準的拜金女孩，太不像話了！你別難過，反正你有錢，她不與你談，我和你談。」

◆ 迫不及待

一年輕男子看上了某寡婦，不敢當面開口，只好打電話給她。

「你是張夫人嗎？」

「是的。」

「肯與我結婚嗎？」

「我希望能有這個榮幸。」

「當真嗎？」

「當真，但你是誰？」

◆ 實在笑不出來

老沈被他夫人逼得實在沒辦法，才一起到一家照相館去拍合照。

攝影師對好了鏡頭之後，向老沈說道：「先生！你的臉上一定要露出一點笑容來才好。」

老沈看看夫人，說道：「請你暫時走開兩分鐘，好不好？」

◆ 不知道也罷

年輕的妻子滿面愁容。

「你怎麼啦，親愛的？」已經結婚十年的女性友人問。

「噢，我感到非常痛苦，丈夫整個晚上都不在，而我一點兒也不清楚他現在人在哪兒。」

「唉，這不該使你焦急不安。」

友人面帶微笑地回答：「要是你知道他現在人在哪裡，大概你會更加感到痛苦。」

◆ 徹底杜絕

「由於越來越多的婦女崇尚新潮流行服裝，例如超短迷你裙和露股溝短褲，」一位妻子正在津津有味地念報上的一則新聞，「所以街上的交通事故根據統計已經減少了一半。」

這時，正在旁邊看電視的丈夫冷不防地插了一句：「那麼為什麼不想辦法徹底杜絕交通事故呢？」

◆ 準備早餐

「親愛的，你只要再準備一下烤麵包和咖啡，我們就可以吃早飯了。」新娘含情脈脈地對新郎說。

「早飯都吃些什麼？」新郎問。

「烤麵包和咖啡。」

◆ 有備無患

佛林德夫人執意要請一位畫家為她畫一幅半身肖像。

「畫上的我要佩戴鑽石項鏈、綠寶石手鐲、純金耳環和紅寶石飾品。」她堅決地對畫家說。

「夫人，可是您實際上並沒有佩戴這些貴重的物品呀！」畫家認真地說。

　　「這你用不著管，」佛林德夫人說：「我這樣做是有道理的，我平時身體不太好，我怕萬一我死得比丈夫早，而他肯定很快就會另娶一個年輕貌美的女人為妻。有了這幅畫，他就難以向新娘講清楚這些貴重物品的去向了。」

◆ 從不吵架的夫妻

　　一名婦女正在哭哭啼啼地向她的心理醫生傾訴著內心的痛苦：

　　「我丈夫去世前，我們在一起生活了二十五年，」她邊說邊抹去一行悲痛的眼淚，「我們之間從來沒發生過一次爭吵。」

　　「是嗎？這簡直有些不可思議，」醫生半信半疑地說：「你們是怎麼做到這一點的呢？」

　　「瞧，我的體重要比他重四十磅。而且，他又是一個生性懦弱的人。」

28

動物瘋狂笑

◆ 螞蟻掐大象

一群螞蟻爬上了大象的背，但被搖了下來，只有一隻螞蟻死死地抱著大象的脖子不放，下面的螞蟻大聲叫著：「掐死他，掐死他，小傢伙，簡直是要造反了！」

◆ 互看不順眼

一隻大象問駱駝：「你的咪咪怎麼長在背上？」

駱駝說：「死遠點，我不和小雞雞長在臉上的東西講話！」

◆ 醉鼠不怕貓

一日，台、美、法三國人相遇，各自稱讚自己國家產的酒勁最猛，互不相讓。

最後決定：「以酒灌鼠，比試高低。最輸的老鼠拿去餵貓。」

法國人拿來雞尾酒，對著老鼠一通猛灌，喝得老鼠步伐皆亂，兩眼發直，法國人洋洋得意。

美國人拿來 XO，老鼠只喝了幾口，便醉得不醒人事。美國人哈哈大笑，用挑釁的眼神看著兩位酒友。

輪到台灣人，只見他拿出一瓶金門高粱酒，打開瓶蓋，在老鼠面前晃了晃，聞了酒味的老鼠沒看出什麼異樣，並且大搖大擺地走了。

正當法、美酒鬼嘲笑台灣的金門高粱酒遜咖時，那老鼠手裡拿著一塊磚頭，搖頭晃腦回來了，嘴裡還喊著：「哼！那隻貓呢？」

◆ 鼠輩逞強

有一家老鼠吃完飯開始聊天，不知怎麼就談起了膽子的問題。小老鼠首先發言：「現在的人真壞，居然做出老鼠藥想毒死我們，根本不管用，我吃那玩意兒跟吃餅乾似的。」

老鼠媽媽說：「想當年，還沒發明老鼠藥，人們都是用老鼠夾子，我根本不怕，有時候，想要做減肥操就把那玩意兒拿來當健身器玩。」

老鼠爸爸聽完以後，站起來就往門外走，老鼠媽媽問：「老公，你要去哪裡？」

老鼠爸爸壞壞地一笑：「我去把一隻母貓。」

◆ 墨鏡不再酷

小熊貓從學校回家，鬱悶地對媽媽說：「現在班上的女生都不理我了。」

媽媽不解地問：「為什麼呢，她們不是老誇你的『墨鏡』酷嗎？」

小熊貓說：「今年流行紅色的隱形眼鏡，她們全都追小白兔去了。」

◆ 付出不同

農場中，一豬與一母雞在談慈善行為。

豬說：「我希望有一個方法能幫助那些沒有飯吃的窮人。」

母雞說：「我們來合作，可以做一些火腿蛋給他們吃。」

豬搖頭道：「你說得容易，你只是貢獻了一個副產品，我卻要不見一條腿。」

◆ 三隻小豬

一天，三隻小豬為了躲避大灰狼的追趕，而建造了三間小屋。大灰狼不費吹灰之力吹毀了草屋、木屋、磚屋，三隻小豬們拼命地跑，但是還是被大灰狼追上了。

三隻小豬絕望地說：「你看著辦吧！我們放棄了，隨便你要怎樣。」

此時，大灰狼奸笑著，留著口水說：「快告訴我，小紅帽在哪裡？」

◆ 沒得比

農場上，小驢問老驢：「為什麼我們天天吃乾草，而乳牛頓頓是精美飼料大餐？」

老驢嘆道：「我們和牠們沒得比，我們是靠跑腿吃飯，牠們是靠胸脯吃飯。」

◆ 身價不同

狗對熊說：「嫁給我吧！嫁給我你會幸福。」

熊說：「我才不嫁呢，嫁給你只會生狗熊，我要嫁給貓，生熊貓那才尊貴呢！」

◆ 有房者強

蜜蜂狂追蝴蝶，蝴蝶卻嫁給了蝸牛。

蜜蜂不解：「他哪裡比我好？」

蝴蝶答：「人家好歹有自己的房子，哪像你住在團體宿舍。」

◆ 往空中發展

老鼠：「我現在正和蝙蝠談戀愛，以後孩子就生活在空中。」

貓冷笑一聲，指著樹上的貓頭鷹說：「看見沒有，她已經懷了我的孩子。」

◆ 看清楚

小明跟小華到動物園玩，進門時，小明指著小華對管理員說：「看清楚哦！等一下出來，別說我偷了你們的猴子！」

29

一路笑到底

◆ 從未遭抱怨

在酒吧中，某司機正在吐苦水：「剛才竟然有人嫌我開車技術很爛，簡直是豈有此理！我幹這一行已經十五年了，坐車的個個滿意，從來沒有哪個說過我一句不滿意的話呢！」

酒保：「是嗎？那我冒昧問一句，請問你開的是什麼車？」

司機：「靈車。」

◆ 客機翻跟斗

飛行中的客機突然嚴重傾斜，而後在空中翻了一個跟斗方才恢復正常。

座艙中的乘客驚慌失措，大聲喧嘩。這時一空中小姐從駕駛艙走出來，她微笑著對大家說：「請

女士，先生們大可不必驚慌，飛行一切正常，剛才的情形只不過是因為患感冒的駕駛員的打了一個噴嚏造成的。」

◆ 措施失當

主考官問參加考汽車駕照口試的瑪莉：「假如你看到一條狗和一個人在前面，你是撞狗還是撞人？」

瑪莉毫不猶豫地答道：「當然撞狗。」

主考官搖了搖頭說：「你下次再來吧！」

瑪莉不服氣，反問道：「我不撞狗，難道你要我去撞人？」

「你應該踩剎車。」主考官慢條斯理地說。

◆ 別相信他的話

傍晚，一輛汽車被交通警察攔住了。

「你為什麼不開前燈？」警察嚴厲地問駕駛。

「長官，事情是這樣的：昨天我的車和一輛卡車相撞，前燈被撞壞了。」

「你的駕駛執照呢？」

「我還沒考到呢！」

「吼！你一下子違反了兩項交通規則！我要拘留你！」

「等等，長官，」司機的妻子說：「別相信他的話，剛才他多喝了點兒酒，才這樣亂講。」

◆ 火車誤點

一位著名的鋼琴家搭火車赴Ｋ城演出。她在包廂裡休息時，用手彈動床邊練習指法。

到Ｋ城時，火車誤點兩小時，為此她責怪了列車長。

列車長抱歉地回答說：「我們在路上先後共停車兩小時，因為不時有人彈動警報器，可是又找不到是誰。」

◆ 謹防意外

有位劇作家喜歡自己開車。一次，他一邊開車一邊和司機興致勃勃地談著他新近構思的一個劇本。正當他講得眉飛色舞時，司機突然從他手裡搶過方向盤。

「怎麼啦？」劇作家吃驚地問。

「請原諒，您的劇本太好了，我真不願意讓您在沒有寫完它之前就把命送掉！」

◆ 已經出了毛病

高鐵上的廣播：「各位女士先生們，本次子彈列車上面不設乘務員，但旅客們請不用擔心。整個系統安全已全面電腦化和自動化，代表著現代技術的最新發展。在絕對安全的情況下，我們將以每小時三百六十公里以上的速度往高雄前進。

每一個運行機制都經過反覆測試，敬請放心，沒有絲毫的因素會導致任何方面可能發生問題……任任何方方面可可能發發發生問問題題題題……」

◆ 受之有愧

一個保險業務員在某鐵路上來回多年，正在抱怨火車的經常誤點，忽然在那時火車準時到達了，使他驚訝萬分！

他立刻走到車務管理員那裡說：「我要敬你一支雪茄煙祝賀你，因為我在這段路上出差了十五年，

這還是我第一次準時地坐上火車！」

車務管理員說：「請收回雪茄吧，這是昨天的列車！」

◆ 極有耐心

兩名司機在一座窄橋上會車了，兩人互不相讓，僵持住了。司機甲掏出一份報紙看了起來，指望對方等得不耐煩，會自行倒車。

不料司機乙也爬到發動機蓋上坐下，說：「老兄，報紙看完了，借給我看！」

◆ 彼此彼此

清晨，馬汀先生照常坐班車去上班。坐在他後面的一個人拍拍他的肩膀對他說：「老兄你實在太刻板了，每天早晨都是坐這趟班車，在同一地點、同一時間、坐同一座位，你可知道，這種單調的生活有多麼討人厭？」

「那麼你是怎樣知道我是坐同一座位的？」

「因為我每天都坐在你的後面。」

◆ 極端愛國者

傑丁在法國駕車遊覽完畢，準備繼續取道前往德國遊玩，但是走了幾條路之後，傑丁便迷了路，查閱地圖，也不能確定自己在什麼地方。

後來他把車開進一個加油站，高聲詢問一位顯然是本地人的加油工人。

「對不起，」他說：「請問我還要開多久才能離開法國？」

那個法國工人立即怒氣沖沖反問傑丁：「法國有什麼不好？」

◆ 可靠的人

有一次，我一人搭長途車遠行，有一個妙齡女郎問我她可否坐在我身旁，我不禁開心不已。

我們很快就談得非常投機。最後，她害羞地告訴我，她是第一次一個人遠行：「我媽媽吩咐我要坐在我認為可靠的人身旁。我看你長得真像我老爸！所以我很放心。」

◆ 粗心的司機

一位婦女走下計程車，不巧她的外套給車門夾住了，粗心的司機開了車就走。

為了不被車拖倒在地，婦女只好跟著車跑。一位過路人看到這情景後，大叫司機停車。

車停後，驚魂未定的司機問婦女：「你沒受傷吧？」

婦女上氣不接下氣地說：「沒有，是不是我的車錢沒給夠？還是我多給了，所以你要多載我一程？」

◆ 誰之錯

在歐洲特快車上，列車員看了老太婆的票說：「這是從瑞典耶特堡到馬爾摩的票，可是我們這趟車是到斯德哥爾摩的。」

老太太嚴肅地看著列車員問：「這可怎麼辦？難道就連司機也沒有發現他開的方向不對嗎？」

一路笑到底

◆ 如果發生意外

一位老是嘮叨個沒完的老婦人要雇一部出租汽車，她對司機說：「司機，我要到火車站。」

「好的，女士。」

「下雨路滑，你開慢點，小心別出事。」

「放心好了，女士。」

「特別是轉彎的時候，你更要小心點，可不要衝到人行道上去了。」

「夠了，女士，」司機火大了：「我倒想問問，如果我們發生意外的話，你希望到哪家醫院去呢？」

◆ 差一點兒

「你知道嗎？今天早晨差一點兒我就看見了您的丈夫。」

「怎麼是差一點？」

「如果我沒記錯的話，您丈夫的汽車號碼是六五二吧？」

「是的。」

「這就對了，今天早晨我看見的那輛汽車號碼是六五三。」

◆ 第一次搭飛機

這是瓊斯先生頭一次搭飛機。當他走進機艙坐下來，已嚇得面色蒼白。發動機一響，他就閉上了眼睛，緊緊抓住座位扶手。僅僅五分鐘，他好像過了一個世紀。等到聽不到什麼聲音之後，他才慢慢地睜開眼睛，鼓起勇氣向窗外望去。

「果然很快，」他對鄰座說：「已經飛得這麼高了！您瞧，地上的人全像螞蟻！」

「我只能告訴你，」鄰座冷冷地說：「它們的確是螞蟻，飛機還沒有起飛呢！」

◆ 只有一個人沒上去

在約紐，地鐵月臺上擠滿了人，誤了點的列車徐徐駛到，列車司機走下列車到站上喝水。這時，乘客又推又擠，拼命把自己塞進車廂，好不容易月臺上的人都擠上了車。

當列車要開動時，只有一個人沒能擠上去，他就是司機！

一路笑到底

◆ 主考官什麼都沒說

丈夫去考汽車駕照，回來的時候，妻子迎上去，急切地問：「怎麼樣，考上了沒有？」

「不知道。」丈夫困惑地說。

「怎麼不知道？在你離開的時候，主考官是怎麼對你說的呢？」

「他真的什麼也沒說。難道你不信？我離開的時候，主考官還昏迷著。」

◆ 慢汽車

交通警察在公路上攔下一名汽車司機：「你在車速速限為五十公里的路段超速至七十五公里。」警察邊寫罰單邊說。

那汽車司機苦笑著問道：「請寫成我在車速限制為八十公里的路段把車開到一百二十五公里好嗎？我正要把這輛龜速車賣掉。」

◆ 迫不得已

一位超胖的女士擠上了捷運列車，好幾位男士都站起來讓位。

一個小男孩的注意力被這位胖女士吸引住了，他坐在那裡，一直用詫異的眼光盯著她看。最後，她被看得生氣了，不耐煩地說：「小鬼，你老是看著我幹什麼？」

小男孩感到忸怩不安地說：「這位女士，我實在沒有其他的地方能看呀！」

◆ 如何應付

「假如你單獨駕駛一輛警車，」口試主考官問著前來報考警察的年輕人說：「而當時有一群不要命的匪徒駕駛一輛汽車以每小時六十公里的速度追你，你應該如何應付？」

年輕人想了片刻後答道：「提高車速到每小時八十公里。」

◆ 超速的女人

當那位開汽車的女人被警察強迫停車後，她很憤慨地問道：「你叫我停下來有什麼事？」

「因為你的車速超過了一小時四十公里。」警察回答。

「一小時四十公里？怎麼可能？我出門到現在還不到一小時。」那女人說。

◆ 失控

吉爾駕駛新買的轎車兜風，行駛至十字路口，遇到紅燈。吉爾趕忙剎車，但剎車失靈，眼睜睜地看著轎車撞上了交通指揮亭。

警察問：「看到紅燈了嗎？為什麼不停車？」

吉爾說：「警察先生，我叫它停它都不停，難道它能聽你的嗎？」

◆ 另有目的

一天，吉姆看見一個女孩子獨自一個人開著保時捷敞篷跑車，先是看到她的右轉車燈閃爍，後來又看到她伸出她的左手，且手心向後。好奇之下，吉姆將車開靠過去和她搭話。

「嘿！妳到底是要右轉還是左轉？」

「我當然是要右轉呀！」

「那妳伸出左手向後，是表示什麼？」

「我是要將指甲油晾乾啦！」

30

笑料大賣場

◆ 無貨就便宜

一顧客走進小飯館，問：「您的包子怎麼賣？」

「一顆二十元。」老闆回答。

「喲，怎麼路口的那家只賣一顆八元呢？」

「那您為什麼不買那家的呢？」

「那裏已經賣光了。」

「當我賣光的時候，我可以只賣一顆五元。」

◆ 適得其反的推銷

巴爾女士到百貨商店買帽子，挑選了很久，終於選上了一頂她最喜歡的帽子。這時售貨員對她恭維說：「太太，您雖花了不少時間，然而您選中的

帽子，戴在頭上可以使你年輕十歲。」

巴爾女士馬上把帽子從頭上摘下來，急忙說：「我不買了，我不想戴這樣的帽子，當我一摘下它，就會使我年老十歲。」

◆ 新客飯店

客人：「為什麼你們這家叫新客飯店呢？」

服務生：「因為來這裡用餐的都是第一次來的客人。」

客人：「你敢這樣肯定嗎？」

服務生：「敢，因為在這裡吃過飯的人就再也不來了！」

◆ 多功能錶

阿威省吃儉用存了一些錢，買了一個款式新穎的手錶。

用了一段時間後，發現時間不準，他來到鐘錶店，向店員抱怨：「你賣給我的這個錶不好，氣溫高時走得太快，氣溫低時又走得太慢，一點也不準確。」

店員說：「這正是它的好處哩！它除了告訴你時間之外，還是一個可靠的溫度計。」

◆ 巧妙遮掩

某塑膠廠推銷員，在一次全國性的商展會場上向各地來賓介紹：「本廠生產的印花薄膜雨衣，持久耐用，式樣新穎。」說著，他拿出一件往身上一披，突然發現這件雨衣肩上破裂，只見他微微一笑，不慌不忙地繼續說：「大家看見沒有？像這種壞的，我們是可以退換的。」

◆ 一小瓶足夠

一個禿頭的老頭路過一家藥店，看到一種毛髮再生特效藥的廣告，他進去問了問。

售貨員：「這的確是一種生髮特效藥。您要大瓶的，還是要小瓶的？」

「謝謝，一小瓶就夠了。」

老頭說：「稍微長出一點就夠了，我不喜歡留太新潮的長髮。」

◆ 積極借鑑

有位酒館經理因為近來生意不好而一籌莫展。一天，他偶然到一家書店買書，見到書店牆上貼著大橫幅：「為好書找讀者，為讀者找好書。」

他眼睛一亮，立即奔跑回家，叫人寫了一條大橫幅，貼在酒館正面牆壁上。

第二天，店門口圍了不少人，原來橫幅寫的是：「為好酒找酒鬼，為酒鬼找好酒。」

◆ 墨西哥之行的遭遇

旅遊者向人們講述他的墨西哥之行，他說：「當時，有那麼多印第安人圍著我，簡直可怕極了，我的左面是印第安人，右面也是印第安人，前面是印第安人，後面也是印第安人。」

「那你怎麼辦呢？你是怎樣才解圍的呢？」

「我只好買了一件他們向我兜售的披風。」

◆ 喇叭和槍

在美國，槍械的使用並沒有太嚴格的管制。某個賣槍商人因鎮上治安太好而賣不出槍，他開始兼賣另一樣東西喇叭！

某天，某人買了個喇叭，結果第二天就有三、四個人來買槍。

後來他又賣出喇叭，第二天又有人來買槍。基於好奇心的驅使下，他問其中一位買槍的客人。

客人說：「我家對面那個混蛋昨天吹了一天的喇叭，我們全家都快受不了啦！所以，我才來買槍……」

◆ 帽子的價格

一名顧客對帽店經理嚷道：「這麼一頂帽子竟要七十美元？你是不是發瘋了！用這些錢足足可以買一雙上等的皮靴。」

「您說得沒錯，先生。可是我不明白，這上等的皮靴您怎麼把它戴在頭上呢？」經理回答。

笑料大賣場

◆ 假牙

在藝品店裏，一名婦女在質問經理：「在上個星期，你們賣給我的這個象牙盒是假的，我請人鑑識過了，它根本不是用象牙做的！」

「請原諒，夫人。如果真有這麼回事的話，那麼，在科學如此發達的今天，這也不是不可能的。我想，或許那頭大象曾經成功地鑲過一顆假牙……」

◆ 大象抽煙過多

在商店裏，一位顧客對老闆說：「我懷疑你的這架鋼琴是翻新的二手貨！你瞧，這象牙琴鍵都發黑了。」

「天地良心，絕無此事。」老闆解釋道，「這完全是由於那頭大象抽煙過多所造成的。」

◆ 好建議

在巴黎的時裝店裏。「我想把昨天在你們這裏買的這件大衣換一換，因為我妻子不喜歡。」

「先生，這可是當前最流行的。如果你不介意的話，我倒有個好建議，您不妨把妻子換一換。」

◆ 洗衣店的傑作

傑克從簾子後面探出頭說：「我是這兒的老闆，您有事嗎？」

「有事？」火冒三丈的塞頓夫人道，「你居然有膽量稱自己為洗衣大王？看看你們的傑作！」一邊說著，一邊把東西往桌上丟。

傑克不解地問道：「就這條粗繩啊？」

「粗繩？」塞頓夫人幾乎要爆炸了，「我拿來的是條床單！」

◆ 服務生的報復

一小群愛開玩笑的人經常在同一家飯館裏吃飯。他們總愛和服務生開玩笑，他們時而把水倒掉，卻對服務生說沒送水來；時而把餐巾藏起來等等。每一回他們都能想出新的花樣，還好服務生從不抱怨他們的這些行為。

有一天，他們吃完飯，給了服務生一筆可觀的小費，並且對他說：「你實在是不簡單，我們多次開你的玩笑，你也不生氣，從今天起，我們再也不

笑料大賣場

這樣做了。」

「謝了，」服務生說：「那我以後就再也不往你們的咖啡裏吐口水了！」

◆ 自動牙刷

推銷員向一位女士推銷牙刷：「你只要接上電源，把這個牙刷伸進嘴裏，完全不用動手。價錢稍貴了些，但方便極了。」推銷員說得天花亂墜，女士有點動心了，但還是嫌貴。

推銷員毫不猶豫地取出了另外一把牙刷，它與前一把牙刷完全一樣，他又對女士說：「這把牙刷也是自動的，它不但便宜，而且不用電。刷牙時，你只需把牙刷用手拿著伸進嘴裏，不停地擺動頭就行了！」

■ 謝謝您購買本書，請詳細填寫本卡各欄後寄回，我們每月將抽選一百名回函讀者寄出精美禮物，並享有生日當月購書優惠！
想知道更多更即時的消息，請搜尋永續圖書粉絲團

■ 您也可以使用傳真或是掃描圖檔寄回公司信箱，謝謝。
傳真電話：(02) 8647-3660　　信箱：yungjiuh@ms45.hinet.net

◆ 姓名：　　　　　　　　　　　　　　□男　□女　　　　□單身　□已婚

◆ 生日：　　　　　　　　　　　　　　□非會員　　　　□已是會員

◆ E-Mail：　　　　　　　　　　　電話：（　）

◆ 地址：

◆ 學歷：□高中及以下　□專科或大學　□研究所以上　□其他

◆ 職業：□學生　□資訊　□製造　□行銷　□服務　□金融
　　　　□傳播　□公教　□軍警　□自由　□家管　□其他

◆ 閱讀嗜好：□兩性　□心理　□勵志　□傳記　□文學　□健康
　　　　　　□財經　□企管　□行銷　□休閒　□小說　□其他

◆ 您平均一年購書：□ 5本以下　□ 6～10本　□ 11～20本
　　　　　　　　　□ 21～30本以下　□ 30本以上

◆ 購買此書的金額：

◆ 購自：　　　　　　市(縣)
　　□連鎖書店　□一般書局　□量販店　□超商　□書展
　　□郵購　□網路訂購　□其他

◆ 您購買此書的原因：□書名　□作者　□內容　□封面
　　　　　　　　　　□版面設計　□其他

◆ 建議改進：□內容　□封面　□版面設計　□其他
　　您的建議：